T0278720

Título original: *Bone Music*

© 2021, del texto, David Almond
© 2024, de la traducción, Marcelo E. Mazzanti

© de esta edición, 2024 por Antonio Vallardi Editore S.u.r.l., Milán
Primera edición: marzo de 2024
Duomo ediciones es un sello de Antonio Vallardi Editore S.u.r.l.
www.duomoediciones.com

Gruppo editoriale Mauri Spagnol S.p.A.
www.maurispagnol.it

Ilustración de cubierta: David Litchfield
Maquetación: Endoradisseny

ISBN: 978-84-19004-88-8
Código IBIC: YF
Depósito legal: B 23.010-2022

EL CANTO DEL BOSQUE

DAVID ALMOND

Traducción de Marcelo E. Mazzanti

Duomo ediciones

SYLVIA, VALIENTE Y REBELDE, SE MUDA DE
LA CIUDAD DE NEWCASTLE A LA DESOLADA
NORTHUMBERLAND. NO SE ADAPTA A SU NUEVO
ENTORNO ENORME, SILENCIOSO, EN EL QUE, EN
APARIENCIA, NO HAY NADA. Y ENTONCES CONOCE
A GABRIEL, UN NIÑO EXTRAÑO PERO QUE LE
RESULTA FAMILIAR.

Mientras pasean juntos por los bosques y colinas, Sylvia
empieza a ver la naturaleza de otra forma. Se da cuenta de
que el pasado está por todas partes, incluso en el interior
de ella misma. Con el hueso hueco de un ala de gavilán
crean una flauta como las que se usaban en los rituales más
antiguos. Sola, durante una noche mágica, Sylvia retrocede
en el tiempo, conecta con la prehistoria y vuelve a su esencia
ancestral, convirtiéndose en una versión de sí misma más
llena de vida. Regresa a la ciudad, dispuesta a enfrentarse a
las oportunidades y los desafíos del mundo moderno.

A Freya

Se oía como un fantasma. Se había despertado en plena noche. ¿Qué era aquella especie de música? ¿Algún animal con problemas, alguna extraña ave nocturna? ¿Algún alma perdida que vagaba por los páramos? ¿O solo era un sueño? ¿Qué cosas salvajes y extrañas había en aquel lugar?

Se levantó de su estrecha cama, fue hacia la ventana, apartó las finas cortinas y se decidió a echar un vistazo.

Nada.

Oscuridad por todas partes.

Abajo, la calle oscurecida, la oscuridad de la tierra ondulante, la negrura del bosque más allá del pueblo, la luz de una granja muy muy a lo lejos, un pálido brillo en el horizonte, al sur, la inmensidad del cielo lleno de estrellas.

El ruido se volvió más suave, más melódico. Como el de un silbido, como el de una flauta, como el de un pájaro.

Sylvia se extrañaba más y más a medida que le llegaba la música. Entornó los ojos e intentó distinguir algo.

Nada.

Era como si hubiese soñado eso mismo antes, como si saliera de su interior a la vez que le llegaba de fuera, como si hubiese oído eso mismo en otra ocasión. Pero ¿cómo era eso posible? No era posible.

«Deja de pensar tonterías, Sylvia —se susurró a sí misma—. Deja de ser tan rara».

Volvió a abrir los ojos del todo, miró las estrellas, las galaxias, las grandes espirales y los grupos de luces. Era el universo, girando, danzando en el tiempo. ¿Por qué era tan enorme? ¿Por qué era ella tan pequeña?

¿Y qué diablos estaba haciendo en ese lugar tan vacío y antiguo?

La música empezó a entrecortarse, perdió de nuevo su melodía, se convirtió en una serie de lamentos y chillidos, como si no hubiese sido capaz de albergar su dulzura. ¿Eso que había en la oscuridad de la linde del bosque era una silueta humana en movimiento? ¿Estaba entrando en él? ¿O todo seguía siendo un sueño?

La música se detuvo. Sus extraños ritmos se quedaron en el interior de Sylvia. Una pequeñísima estrella o algo así cruzó lentamente los cielos negros y brillantes.

¿Por qué la había llevado allí su maldita madre? ¿Qué cosas tan extrañas sucedían en aquel lugar? ¿Qué cosas tan extrañas vivían en aquel lugar?

No obtuvo respuestas.

Se alejó de la ventana y volvió a la cama.

Miró su móvil. No tenía cobertura.

Ansiaba regresar a la ciudad, ansiaba tener cobertura de nuevo.

«Para, Sylvia —se dijo a sí misma—. Tranquila. Solo serán un par de malditas semanas».

Cerró los ojos.

La danza en su mente se volvió más y más lenta y entrecortada.

Se durmió.

—Buenos días, querida. ¿Has dormido bien, mi amor?

La mañana siguiente. Su madre, en la pequeña cocina, mientras echaba muesli en dos boles. Otro bol en la mesa, con bayas; yogur, una cafetera. La mujer removió el café y lo sirvió, después echó por encima una espiral de leche blanca. Vapor y el delicioso aroma a rosas.

—Ah, hoy toca la Sylvia silenciosa, ¿no? —siguió.

Se acercó a su hija y la abrazó.

Sylvia se encogió de hombros.

—Sí —murmuró.

Empezó a remover los cereales y las bayas en su bol, una y otra vez.

En el suelo estaban las cajas de comida que se habían traído y una de vino tinto. Y los cuadernos y los lápices y las pinturas y los pinceles y los cuchillos y las paletas y los lien-

11

zos de su madre. Un par de caballetes contra la pared. Un cuadro a medio hacer con un paisaje desértico. Un puñado de fotos esparcidas.

—¿Oíste algo? —preguntó Sylvia.

—¿Qué?

—Por la noche. Como una especie de música.

—No. He dormido como un tronco, gracias a dios.

—¿Como un tronco?

—Quizá sea por la oscuridad. No lo sé. Quizá por el silencio.

—¿Algo nuevo sobre papá?

—No. Seguro que está bien. Siempre le ha gustado el silencio. Estará tomando algo con sus amigos en un hotel de cinco estrellas. Espera un momento, ¿vale?

—¿Qué? ¡Mamá!

Ahora su madre tenía un lápiz y un cuaderno en las manos. Estaba dibujando, abocetando.

—Levanta un poco la barbilla —le pidió.

—¡No!

—Tengo que volver a coger la costumbre, ¿no? Gírate un poco a la izquierda.

Sylvia frunció el ceño.

—Sí, me gusta esa expresión —dijo su madre—. Quédate así un momento.

—¡Mamá!

—Tranquila, Sylvia. Si hay novedades, ya nos llegarán. Ni que estuviéramos en Mongolia. ¿No es así?

—Pues lo parece.

—No estamos ni a ochenta kilómetros de Newcastle. Bueno, y ¿qué clase de música era?

Sylvia volvió a encogerse de hombros.

—No sé. Supongo que ninguna. Debía de estar soñando.

Miró por la ventana. Casas pálidas al otro lado de la estrecha calle, la luz del sol, la linde del bosque, una colina oscura a lo lejos. Un pájaro negro pasa aleteando, después otro y otro más. Otros pájaros, docenas de ellos, mucho más alto, trazando espirales. Y cielo, cielo, el maldito e inacabable cielo.

—Por aquí se oye mucha música —dijo la madre—. Flautines, violines. Quizá había un baile en alguna parte.

Sylvia suspiró.

¿Un baile? ¿Qué clase de bailes iba a haber por allí?

—Creo que voy a… —empezó a decir.

—¿Crees que vas a qué?

Volvió a fruncir el ceño. Sí, exacto: ¿qué se creía que iba a poder hacer por allí? ¿Volver a pie a la ciudad? Se levantó y cogió el abrigo de detrás de la puerta. Cogió la bufanda. Abrió los brazos. Su madre no se movió, siguió dibujando.

—Voy a hacer lo único que puede hacerse por aquí, mamá. Voy a abrir la puerta, salir a la nada, darme la vuelta y entrar de nuevo.

—Buena idea, cariño. Que vaya bien el paseo. Ponte las botas.

¿Las botas? Ni hablar. Se puso sus zapatillas de tela azul pálido.

Su madre volvió a abrazarla. Ella se dejó.

—Va a ser bueno para nosotras —le dijo—. Unos días fuera, en un lugar bonito. ¡Y, por dios, alejarme un tiempo de esos niños!

—Los quieres mucho.

—Sí, pero necesito tomarme unas vacaciones de ellos.

Sylvia apretó los puños y se quedó totalmente inmóvil.

—Lo siento. Sé que necesitas esto, mamá.

—Gracias, cariño. Y ahora vete.

La chica abrió la puerta.

Había una brisa helada. Había un cielo sin límites.

Resopló y salió fuera.

—No te pierdas —le dijo su madre con voz cariñosa.

Posó una mano en la espalda de Sylvia y le dio un empujoncito hacia delante.

Así era el pueblo: dos hileras de estrechas casas de madera, la mayoría emblanquecidas por el tiempo, algunas pintadas con colores supuestamente alegres, amarillo, naranja, una de un púrpura increíblemente horrible; cada una de ellas tenía un pequeño jardín y una valla baja con una puerta. Un puñado de flores danzando con la brisa. Unos pocos coches, un par de camionetas, un par de furgonetas blancas. Una cabina telefónica abandonada hacía mucho. Una larga y baja cabaña con CENTRO SOCIAL BLACKWOOD pintado. Un póster desgastado con una mala foto de un violín y varias gaitas. Otro póster que decía:

REFAUNACIÓN DEL NORTE
¿Debería volver el lince?

En él había un dibujo del animal en un bosque, las orejas alzadas, el pelaje manchado, la cabeza vuelta mirando al observador.

Sylvia sonrió al leer la pintada que cruzaba la imagen: ¡Sí! Y los leones y los tigres y los osos.

—Sí, y el ñu —murmuró—. Y el elefante y el oso hormiguero y el canguro.

Siguió por el único camino, que estaba lleno de baches.

Llegó a una pequeña iglesia de madera gris con tablas que cubrían las ventanas y candados en las puertas. Había un crucifijo muy antiguo en la punta triangular del tejado lleno de agujeros entre las tejas. Un Jesucristo descascarillado colgaba torcido de un único clavo que le atravesaba la palma, meciéndose inestable por la brisa. Debajo, en la pared, había un mensaje pintado:

Murió para que nosotros viviéramos

En un extremo del pueblo, la calle se estrechaba y se convertía en un camino de tierra que conducía hacia el bosque oscuro. En la otra dirección, llevaba a amplios espacios llenos de luz. Sylvia dio media vuelta y se dirigió hacia la claridad. Había unas pocas personas. Un anciano de aspecto frágil con una gorra blanca estaba sentado en una silla de madera ante la puerta de su casa. Alzó una mano, saludándola.

Ella le respondió asintiendo con la cabeza.

—Tú debes de ser de los Allen —dijo él. Su voz tenía un fuerte acento, pero de otro lugar. Europeo.

—¿Los Allen? —preguntó ella.

—Diría que sí.

Era cierto, claro. Se trataba del apellido de soltera de la madre de Sylvia.

—Sí, supongo que somos los Allen.

Él cogió una taza a rayas de la mesita que tenía a su lado y echó un trago.

En el alféizar de la ventana había una hilera de piedras perfectamente ordenada.

—Yo me llamo Andreas Muller —dijo él. Tenía ojos amables y húmedos—. Hola.

Sylvia no se quedó allí. No tenía ganas de hablar. No se le ocurrió decirle su nombre.

Siguió caminando. Tras las casas, en un trozo vallado de tierra gris, había un pequeño parque con columpios que soltaban chirridos mientras un par de niños los usaban.

Pensó en Maxine. Había dicho que llamaría. Miró su móvil. No tenía cobertura. Faltaría más: por supuesto que allí no iba a tener maldita cobertura.

Muy alto, en el cielo, unos pájaros daban vueltas y chillaban.

Siguió avanzando. El camino serpenteaba por entre el terreno baldío con apenas unos helechos. No había nada de tráfico. En el borde del pueblo, un cartel junto al camino, que también se había estrechado hasta convertirse en solo de a pie, señalaba al norte, hacia la nada. Tenía una caricatura de un excursionista feliz en plena marcha. Sylvia se detuvo. Aquello era lo más al norte que había llegado nunca, lo más lejos hasta donde se había aventurado. Brezos, helechos, tojo amarillento, un millón de ovejas esparcidas por el lugar. Muros de piedra, arroyos. Unas cuantas casitas de campo destruidas que en el pasado debieron de formar parte del pueblo. Una granja desvencijada con borregos gordos que apenas se movían. El campo, el páramo, como se llamara, y rocas negras y peñascos con puntas afiladas que se volvían motas y bultos oscuros a medida que se alejaban hacia el horizonte increíblemente lejano.

Y, por encima de todo ello, el vacío, enorme cielo.

Y, atrás, el pueblo, el oscuro bosque que parecía infinito.

Allí era donde la madre de Sylvia había sido niña. Le habían contado de cuando era pequeña. Había visto las fotos, había visto los cuadros. Sabía exactamente cómo iba a ser el lugar, aunque por entonces aún no la habían traído nunca. ¿Por qué lo hacían ahora, si ella era una chica de ciudad?

Cerró los ojos, negándose a ver todo aquello. Contuvo las lágrimas.

«No seas tonta», se dijo a sí misma. «Pronto estarás de vuelta en casa».

—¿Quieres ser mi hermana?

Sylvia parpadeó, se dio la vuelta.

Un niño con vaqueros y camisa blanca, pelo rubio largo.

Ella se fijó, más allá, en que el columpio ahora estaba desocupado.

—¿Quieres? —insistió él—. Aún no tengo ninguna.

—Ni siquiera te conozco.

¿Por qué se molestaba en contestarle?

—Eso no importa —siguió el niño—. Si acabara de tener una hermana aún no la conocería, ¿no? Y ella a mí tampoco.

—Vete.

Él no se movió.

—No —contestó Sylvia por fin—. No quiero ser tu hermana. Vete. Vete.

El niño rio.

Tenía los ojos grandes, azules, brillantes.

—Ya tengo un hermano —dijo—. También sería tuyo.

—No quiero un hermano. Y no te quiero a ti. ¿Por qué iba a querer tenerte como hermano?

—Se llama Gabriel —continuó él—. Sería como en los viejos tiempos.

¿Los viejos tiempos? ¿De qué diablos hablaba?

—Cuando estaban todos los niños —explicó.

Ella se dio la vuelta y empezó a encaminarse hacia la caricatura del excursionista.

—¡Me llamo Colin! —exclamó él a su espalda.

Siguió andando.

—¡Y yo sé que tú eres Sylvia Carr! —añadió Colin.

—No lo sabía, gracias —murmuró ella, cínica.

No se volvió. Siguió adelante. El camino hacía una pequeña subida. Buscó algún cartel, alguna señal. Se apretó el cuello de la camisa contra la garganta. La brisa la rodeaba y giraba a su alrededor, le hacía revolotear el pelo. El suelo era blando, húmedo. A veces aparecía una agüilla oscura bajo sus huellas. Algo se escabulló por entre la hierba. Un halcón solitario sobrevolaba un risco.

Y, muy a lo lejos, un avión negro pasó a poca altura por encima del horizonte, bello, elegante, veloz, silencioso, como si no fuese a hacerle daño ni a una mosca.

Su padre se burlaba cordialmente de su madre llamándola niña de bosque. Niña salvaje. Decía que había sido compañera de ciervos y zorros.

—O hasta de osos. ¿No había osos cuando eras pequeña?

—Sí —respondía ella—. Y lobos y antes.

De más joven Sylvia se creía todo eso. Sonreía y soltaba risitas cuando su padre le sostenía la barbilla para mirarla fijamente a los ojos.

—Tú también lo eres —le decía él—. La hija salvaje de una mamá salvaje. Dentro llevas algo de zorro, algo de águila. Se ve que yo soy el único civilizado de nosotros.

La verdad era que su madre solo había pasado allí los primeros seis meses de su vida. Habían construido el poblado para los trabajadores del bosque, que es lo que era el abuelo de Sylvia, el padre de su madre. Habían plantado el bosque, lo habían ayudado a crecer, lo habían cultivado. Se convirtió en uno de los grandes bosques del norte. Pero los tiempos cambiaron: empezó a haber más máquinas, se necesitaban menos humanos. Su familia, y también muchas otras, se fueron en busca de otro trabajo, otra vida. Su abuelo montó la pequeña confitería en Heaton Road. Nunca regresó al pueblo.

Y tampoco la madre de Sylvia, hasta ahora, en que había ido a crear arte, a alejarse de todo, llevándose a su hija.

Se ajustó más el cuello. Seguía sin cobertura. Hoy Maxine estaría con Francesca. Por la noche irían a escuchar jazz al Live. Mickey iba a ser el batería. Era su primer concierto.

Oyó toda clase de ruiditos por todas partes. El viento hacía murmurar a la hierba. De haber sabido cómo era aquello, Sylvia se habría puesto las botas de excursionismo que su madre le había comprado e insistido en que trajera. El agua que se filtraba le había empapado y oscurecido sus zapatillas claras de tela. Tenía los pies mojados. Agua por todas partes. Brillaba en los pequeños charcos del camino, goteaba, refulgía en los arroyos y descendía por las colinas. A medida que iba ascendiendo empezó a ver la oscura superficie de Kielder Water en la distancia. El oscuro y denso bosque parecía brotar de sus orillas.

Pasos a su espalda.

El niño ese otra vez. Colin. Jadeaba. Había estado caminando rápido.

—Tengo que enseñarte una cosa —dijo.

Sylvia soltó un bufido.

—¿Quieres verlo? —insistió él.

Se agachó y tiró de un manojo de hierba. Arrancó un

trozo. Se lo puso entre los pulgares, que se llevó a los labios, y luego sopló.

Un pequeño chirrido. Pues claro. Todos los niños sabían hacer eso. Ella misma lo había hecho de pequeña con Maxine.

—¿Has oído? —dijo Colin.

Sylvia no contestó nada.

—¿Quieres probar tú?

Sylvia no contestó nada.

—Me enseñó mi hermano.

«Lárgate de una vez», quiso decirle ella.

—Escucha de nuevo.

Volvió a soplar. Ladeó la cabeza y produjo una nota más larga, más fuerte, más ondeante. Paró y levantó los brazos al aire.

—Escucha —repitió—. ¿Lo oyes?

—¿Que si oigo qué?

—Los hace cantar.

—¿Qué hace cantar a quiénes?

—A los pájaros. Cuando hago el ruido, los pájaros contestan. Escucha. Es un zarapito.

—Ya estaban cantando antes.

—Algunos sí, pero no ese. ¿Lo oyes? Me ha oído y me contesta. Para eso sirve la música aquí fuera.

Ella soltó un bufido.

—Vale —dijo.

—Mi hermano lo hace muy bien. Es capaz de hacer cantar a cualquier animal. Llama a los zorros, a los tejones y a los ciervos. ¿Cuántos años tienes?

—¿Qué?

—Debes de tener unos quince o así. Él también. Yo solo tengo nueve. Voy al cole en Hexham. Él no va al cole.

—¿Y por qué no estás ahora en el cole?

—Me duele la barriga. Además, el cole solo sirve para que te vuelvas tonto, ¿no?

—¿Ah, sí?

—Sí. Te llenan de chorradas. Seguro que tú vas al cole, ¿verdad?

—Sí.

—Lo siento por ti.

Volvió a soplar a través de la hierba.

—Esto es lo que tendrían que enseñarte en el cole —dijo.

Ella soltó un resoplido. ¿Cómo serían los otros niños?

—Dice que si consigues hacerlo muy bien —siguió Colin— puedes llamar a cualquier animal que quieras y viene.

Sylvia miró al infinito.

—¿Soplando hierba? —preguntó.

—No, no solo con hierba. También con otras cosas.

Sopló de nuevo.

Los pájaros cantaron y el viento aulló.

Y, a lo lejos, otro avión veloz y silencioso pasó por encima de las colinas.

—Mi hermano también dice que si aprendes a hacerlo bien de verdad, puedes ver fantasmas en el bosque y hacer que los cuerpos se levanten de la tierra.

Ella sacudió la cabeza, incrédula. ¿Por qué estaba ahí quieta hablando con ese niño?

—Vete, Colin —gruñó.

—¿Dónde está a esta hora?

—¿Dónde está quién?

—Tu padre. Siempre está sacando fotos, ¿no?

—¿Y eso a ti qué te importa? Estará por ahí.

—Cualquier lugar es «por ahí», ¿no?

Ella no dijo nada; solo se lo quedó mirando.

—¿Crees que podrían matarlo?

Ella negó con la cabeza. Cerró los ojos.

—No creo —se respondió él a sí mismo.

Cuando Sylvia volvió a mirar, Colin bajaba por la colina hacia el pueblo. Su pelo claro brillaba al sol, y agitaba los brazos como si estuviera bailando o volando.

Se quedó contemplando cómo se alejaba.

Movió la cabeza al pensar en tenerlo como hermano. Nunca había querido uno. A lo mejor una hermana; eso sería diferente. No es que echara de menos haberla tenido, siempre había sido feliz así, pero de pequeña se le había pasado la idea por la cabeza. Hasta se había imaginado que un día se presentaba una niña de repente, como Colin ahora, le preguntaba «¿Puedo ser tu hermana?», y las dos iban juntas de la mano por Heaton Park.

El recuerdo la hizo reír. Niños. Qué cosas tienen.

Continuó caminando. Subió más.

Seguía sin cobertura. Maldijo al aire. Y, a fin de cuentas, ¿qué era eso de la cobertura? Cuando la tenía y oía la voz de

Maxine, ¿cómo llegaba su voz al móvil?, ¿estaba de alguna forma en el aire que la rodeaba? ¿Era como el canto de los pájaros, como el viento? ¿Cómo podía meterse en algo como un teléfono? ¿Solo podía oírse con un teléfono? Mickey había dicho una vez que un teléfono era como una varita mágica: la alzas al aire y atrae las voces hacia sí. También se podía usar para enviar mensajes. Magia. Y las orejas de ella ¿también podrían ser como varitas? ¿Y su cabeza? Cerró los ojos, se concentró y escuchó.

—Maxine —susurró—, te estoy llamando. Maxine, te escucho.

Volvió a maldecir. «Una semana más por aquí y voy a acabar como una cabra», pensó.

Pero volvió a escuchar. Volvió a susurrar al aire. Miró al aire y se dio cuenta de que no se puede ver el aire. Solo es espacio y vacío. Aunque no estaba vacío de verdad. Aunque no se lo viera, estaba lleno de cosas: viento y luz y ruidos y mensajes y…

—En serio, Sylvia —se dijo esta vez en voz alta—. Como una cabra.

Se quedó quieta del todo, con los brazos alzados y los dedos hacia el aire vacío, un mástil, una antena, una varita mágica.

—¡Déjame que te reciba! —exclamó—. Háblame —susurró—. Ven a mí —se lamentó—. Por favor, ven.

El aire pareció estremecerse un instante. Le llegó un *bum* bajito, como una explosión lejana. Después otro. Después silencio. Contempló el horizonte. Nada nuevo.

Abandonó su búsqueda de cobertura.

Escuchó los cantos de los pájaros, la brisa por entre la hierba.

Inspiró fuerte. Espiró fuerte.

Sonrió.

—Vale, Sylvia, cálmate —se dijo con el tono de voz que hubiera usado Maxine—. Intenta pensar en eso de otra forma —se respondió a sí misma y a Maxine—: Eso haré. Miró a su alrededor.

Se relajó. Tenía que reconocer que aquello era bonito de verdad.

Arrancó un manojo de hierba.

Se lo colocó entre los pulgares y sopló.

Un zarapito trinó.

Ella sopló de nuevo.

Otro trino.

—Gracias, zarapito —dijo.

Respiró el aire puro, admiró la belleza y volvió a bajar por la colina.

Su madre estaba con Andreas Muller, sentada a la pequeña mesa con él.

—¡Ven a ver esto, Sylvia! —la llamó ella.

La chica entró por la portezuela de la verja. En la mesa había una tetera, una jarrita de leche y varias tazas. Y también había alguna de las piedras del alféizar. Vio que no eran piedras normales y corrientes. Eran cuchillas y hachas, herramientas antiguas. Había visto fotos de cosas como aquellas, pero nunca en la realidad.

—Este es *herr* Muller, Sylvia —dijo su madre—. *Herr* Muller, esta es Sylvia.

—Ya nos conocemos —respondió él.

Le extendió una mano. Sylvia lo saludó.

—Hola.

—Se lo he contado todo sobre ti —dijo su madre.

—Bueno, quizá no todo —replicó él.

Los tres sonrieron. Andreas se puso colorado, igual que Sylvia.

—¡Andreas me recuerda! —se admiró su madre.

—¿Te recuerda?

—Estaba aquí cuando nací. Estaba aquí cuando me fui.

—Era un bebé —añadió él—. Bonita, como todos. Pero no es que tenga mucho que recordar. Apareciste y enseguida te fuiste.

—Y Andreas ha seguido aquí todo este tiempo.

Sylvia rio.

—Parece imposible —dijo.

Andreas sonrió. Parecía muy frágil.

Respiró hondo, y el aire resonó delicadamente en su garganta.

—Ya hacía tiempo que yo estaba aquí. Este precioso lugar es mi hogar, mi refugio, desde hace mucho. ¿Quieres té? —le ofreció Andreas.

Ella se sentó en un tocón junto a la mesa.

Andreas le sirvió el té en una taza, formando imágenes de espirales en el líquido.

Sylvia bebió. Estaba delicioso.

Él levantó una de las piedras y la sostuvo sobre su palma temblorosa. Era negra, lisa y con un extremo curvado, y casi tan grande como la mano.

—Es pedernal —le explicó—. Una herramienta para rascar. Cógelo, Sylvia.

Ella lo hizo.

—Creemos que la usaban para separar el pellejo de la carne, para hacer cuero o pieles. Cuidado con la punta, que está afilada.

La chica bajó la vista para contemplarla.

—Puede tener unos cinco mil años —añadió Andreas—. Quizá más.

En su mano parecía suave. Se fijó en el filo cuidadosamente tallado.

—Te la regalo —dijo Andreas.

—¿Me la regalas? —repitió ella.

—Sí. Un detalle de bienvenida.

Era muy bella, perfectamente equilibrada, muy bien hecha. Intentó imaginarse cómo despellejar un animal con ella, pero no lo consiguió. ¿Qué tacto tendría la piel? ¿Habría sangre? ¿Cómo olería?

—¿Estás seguro? —preguntó.

—Sí. Aunque, claro, en realidad yo no soy quién para dártela. Más bien te la paso, igual que tú la pasarás. Un pequeño mensaje del oscuro y lejano pasado. Y un mensaje al futuro.

Sylvia no sabía qué decir.

—Gracias. La cuidaré bien.

—Quizá la usara alguien muy parecida a ti.

«¿A mí?», pensó ella. ¿Era posible?

—Estas cosas están ocultas bajo tierra, esperando a que alguien las encuentre —siguió él—. Hay muchas. Los granjeros las sacan a la luz cuando labran sus campos. Los conejos las desentierran cuando cavan sus madrigueras. Y yo, cuando uso la pala en el jardín.

Sylvia tocó las piedras.

—El pasado nos rodea por todas partes —dijo él—. Justo debajo de nosotros. Y en lo más profundo de nuestro interior.

La chica intentó imaginarse cómo era la gente que las había creado, que las había usado. Tampoco pudo.

—Eran iguales que nosotros —siguió Andreas—. La gente del pasado.

—¿En serio?

—El mismo cuerpo, el mismo cerebro. Tu madre, de bebé, era igual a cualquier otro de hace seis mil años. La joven que eres tú ahora podría haber nacido hace seis mil años. Por supuesto, iría vestida de forma diferente, no se llamaría Sylvia y su entorno no se parecería mucho. Pero en cuanto a ti misma... el mismo cuerpo, el mismo cerebro, el mismo ser humano.

Ella seguía dudando. «¿Cómo es posible?».

—Quizá —añadió Andreas— la Sylvia del pasado esté bajo la superficie de la Sylvia moderna.

La chica levantó otra de las piedras, más larga y estrecha,

de un color marrón brillante y acabada en punta. Mientras la tocaba, la sentía, intentó imaginarse que sus manos eran las de una Sylvia antigua.

—Cuidad… —dijo Andreas.

Demasiado tarde. Sylvia tocó la punta con la yema del dedo índice. Estaba muy afilada. Un pinchazo repentino. La sangre brotó al instante. Un pequeño corte en la carne.

—¡Oh, Sylvia! —exclamó su madre.

Le cogió la mano y se la llevó a la boca como para lamerla, lo mismo que hubiese hecho cuando era pequeña.

Eso hizo reír a la chica. Ella misma se lamió las gotitas de sangre. Pronto pararía. Se preguntó qué otras cosas habría cortado ese cuchillo durante su larga vida.

—La cuchilla perfecta —dijo Andreas—. Así de afilada después de tantos años.

Le limpió la sangre a Sylvia con un pañuelito de papel.

—Al igual que nosotros —siguió él—, hacían herramientas para crear y herramientas para matar. Si quieres, también puedes quedarte esta.

Extendió un brazo, devolviéndosela.

—¿Estás seguro? —le preguntó su madre.

—Si a ti te parece bien… He encontrado muchas. Son bastante habituales. Y ahora Sylvia sabe que tiene que manejarlas con mucho cuidado.

Eso hizo ella: cogerla con mucho cuidado.

—Es bonita —dijo.

—Sí. Y aquí tienes algo donde guardarla y evitar más accidentes.

Le dio una tira blanda de cuero. Ella envolvió la herramienta.

—A Sylvia le preocupaban el silencio y la oscuridad de por aquí —dijo su madre.

Andreas rio.

—Sí, puede resultar muy… desconcertante. Ya te acostumbrarás.

Sylvia se encogió de hombros.

—Y, la verdad —añadió él—, el silencio en realidad no existe. ¿Y cómo podría existir la oscuridad sin luz?

Ella no respondió.

Los adultos empezaron a hablar de los tiempos en que el pueblo estaba habitado por los cuidadores del bosque y sus familias. Los dejó enrollarse. Se apartó los copitos de sangre seca de la piel. Miró más arriba de los techos y el bosque, hacia el cielo vacío, y volvió a intentar imaginarse a sí misma como una joven de hacía cinco mil años. ¿De verdad que su cuerpo sería igual? ¿Y su mente? ¿Era eso posible? Era Sylvia Carr, una chica del siglo XXI, preocupada por las guerras, por los políticos corruptos, por el calentamiento global; una chica que luchaba por conservar la esperanza de que las cosas pudieran cambiar. ¿Podía ser a la vez una Sylvia Carr antigua?

Volvió a descubrir el cuchillo. Si hubiera una forma de mirarlo más de cerca, ¿vería restos de la sangre de otro, de alguien de hacía miles de años? Si tuviera un tacto lo bastante sensible, ¿sentiría el de otras manos de mucho tiempo atrás?

Oyó que Andreas decía algo sobre una guerra.

—¿Guerra? —preguntó.

—Sí —contestó él—. Llegué aquí como prisionero de guerra. —Sonrió al ver que la joven ponía cara de confusión—. A ti debe de parecerte una guerra antigua. Me capturaron en Francia y me trajeron aquí.

—¿En la Segunda Guerra Mundial?

—Sí. Me metieron en un campo para prisioneros de guerra, cerca de aquí. Cuando llegó la paz me devolvieron a casa. Pero yo supe que tenía que volver. Este podía ser mi verdadero hogar.

—¿Cuántos años tiene? —le preguntó ella.

—¡Sylvia! —exclamó su madre.

—No pasa nada —dijo él—. Soy muy viejo. Tengo noventa y cinco años, Sylvia. —Se rio—. Quizá, a estas alturas, ya tendría que ser un fantasma. —La chica empezó a imaginárselo como tal—. Piensa en esto: cuando yo tenía tu edad hubiera sido tu enemigo. —Ella tomó un trago de su té, que se estaba enfriando—. Nuestro deber hubiese sido destruirnos el uno al otro.

Todos pensaron en eso.

—Destruirnos el uno al otro —añadió él— y después volver a reconstruirnos. —Rio de nuevo y sirvió más té—. Qué locos estamos los humanos.

Aquella noche Sylvia cogió del coche las botas de excursionismo y las dejó en el estrecho pasillo de casa. Colgó el impermeable de un gancho en la parte interior de la puerta de entrada. Deshizo su maleta y colgó la ropa en el pequeño armario de su habitación. Colocó sus productos de higiene en el cuarto de baño diminuto. Dejó un cuaderno y unos lápices junto a la cama y su libro sobre la almohada. Se sentó a la mesa del comedor con su madre. Comieron lasaña y ensalada. La madre tomó vino blanco.

No había tele ni wifi ni línea de teléfono fijo.

Su madre se puso un pijama viejo. Suspiró y habló de la paz y la tranquilidad del lugar. Dibujó un bosquejo de Sylvia. Habló de los cuadros que deseaba crear.

—Me pregunto —dijo— si en mi interior sigo conservando algún recuerdo de aquí. —Cerró los ojos y los apretó, como si intentara sacarlo por la fuerza—. Quizá aún lleve dentro al bebé que fui, pero ¿dónde estará? —Rio—. Hola, pequeña. ¿Me oyes?

Sylvia también se rio.

—No —se contestó a sí misma su madre—. No está por aquí. No recuerdo nada de nada. —Se acercó más a su hija y soltó un suspiro de sorpresa al mirarla a los ojos—. ¡Oh, pero sí veo a la bebita en ti! —Dibujó a la criatura, Sylvia de pequeña, de memoria—. ¡Aquí estás! —Y rio de nuevo.

La luz disminuyó. Se oían voces en la calle. Sylvia fue hasta la ventana y miró fuera. El centro social tenía las luces encendidas y la puerta abierta. Allí habría wifi, quizá hasta cobertura para el móvil.

—Podría llamar a Maxine desde allí —dijo.

—Sí que podrías.

Pero ¿qué habría en ese lugar? ¿Qué clase de gente había ahí fuera? Sintió timidez.

—¿Vienes conmigo? —preguntó.

—¿Vestida así? —Fue hacia la ventana con ella—. Ve tú. Seguro que te reciben muy bien. —Le acarició los hombros—. No pasa nada. Ya iremos las dos otra noche, ¿vale?

No podía dormir. Intentó leer, pero las palabras no tenían sentido, eran solo marcas negras sobre papel blanco y nada más. Tenía la rasqueta y el cuchillo sobre la mesilla de noche, a su lado. Se quedaba dormida, se despertaba, pasaba de un sueño a otro. Se agazapaba entre hierbas altas. A sus pies había el cadáver sangriento de alguna clase de criatura. Sylvia llevaba el cuchillo cubierto de sangre en su mano cubierta de sangre. Era muy tarde cuando se despertó y creyó oír la música de nuevo. Fue hacia la ventana, tiró de ella para abrirla y asomó la cabeza hacia la noche. Tal como había aparecido, la música se esfumó. En el pueblo seguían encendidas un par de luces; una, muy débil, llegaba desde una granja lejana. No había luna. Al mirar arriba empezó a ver estrellas entre las estrellas, estrellas más allá de las estrellas. Al sur, el horizonte presentaba un pálido brillo anaranjado. Debía de ser Tyneside, debía de ser Newcastle, su hogar.

—Llévame allí —susurró.

La música volvió a empezar, la llevó de nuevo a la espesura. Un extraño ruido entrecortado que formaba como espirales. Llegaba desde más allá del pueblo, estaba segura, del lado del bosque. Contempló aquella oscuridad aún más negra.

Entonces oyó que pronunciaban su nombre.

—Sylvia. Sylvia.

Era un murmullo insistente más que una llamada.

Un murmullo que contenía una especie de risa.

—¡Mira, Sylvia! Estoy aquí abajo.

Miró abajo.

Un niño, en mitad de la calle, sus pálidos cabellos iluminados por las estrellas, su pálido rostro hacia ella, sus ojos brillantes en el punto en el que recibían también la luz estelar.

—Sylvia, soy yo, Colin.

No necesitaba gritar. Sus palabras llegaban suaves, nítidas por entre el inmóvil aire nocturno.

—Baja, Sylvia. Conocerás a mi hermano. —La música seguía—. Es él, Sylvia. ¿Lo oyes? ¿Por qué no bajas?

Ella no podía. Por supuesto que no podía. Pensó en el cuchillo. Podía ir y llevarlo encima; eso le ofrecería una cierta protección.

Pero no, por supuesto que no podía.

Y, además, ¿protección de qué?

Entonces apareció otra figura en el extremo de la calle. Otro chico, que caminaba tranquilamente hacia ellos, más alto, sus cabellos no tan pálidos. Se detuvo junto a Colin, le atusó el pelo, miró arriba, hacia la ventana de Sylvia.

—Hola —dijo.

Ella no respondió. Se alejó unos centímetros de la ventana.

—No le hagas caso a este sonado —siguió—. Pues claro que no puede bajar, bobo. ¿Te he despertado? ¿Me has oído tocar?

Ella no respondió.

Él se llevó a la boca la flauta o el flautín o lo que fuese y tocó unas pocas notas.

Aquella extraña música de nuevo. Sylvia se preguntó qué instrumento sería aquel.

Él se lo acercó.

—¿Quieres verlo? —le preguntó.

Ella no respondió. Él soltó una risita amable.

—No te culpo. Yo tampoco le hablaría a alguien como yo, que se presenta en mitad de la noche.

Tocó unas pocas notas más.

—Pero cuando quieras puedes probarlo —añadió él. Rodeó con un brazo a su hermano—. Quizá de día. Venga, peligro, es hora de llevarte a casa. —Sonrió—. Buenas noches, Sylvia. —Parecía tener los ojos llenos de estrellas—. Yo me llamo Gabriel.

Se miraron el uno al otro un momento más, y entonces los dos chicos se fueron, de vuelta hacia la parte del bosque.

A la mañana siguiente, su madre pegaba en la pared de la cocina con Blu-tack fotos hechas por el padre de Sylvia.

Ella estaba sentada, tomando té.

Las miró una a una: fotos de paisajes marítimos al amanecer, de los campos, del pueblo. Olas altas que chocaban contra las protecciones del muelle de Tynemouth; una mañana nublada con un martín pescador desenfocado que llevaba un pez en el pico; vistas de los valles de Yorkshire; un gran grupo de estorninos en lo alto de la catedral de Durham; Newcastle, la encantadora ciudad con sus calles curvas y escarpadas, sus puentes y sus callejones; una foca nadando en el río mientras una pareja medio desnuda bailaba arriba, en el muelle.

Todas ellas preciosas e inmóviles.

«Una foto —le decía él siempre— es un instante único atrapado en el tiempo. Y piensa —añadía— en cuántos instantes hay en el total del tiempo. Una foto —decía— es un vistazo a la eternidad».

Ella no tenía ni idea de qué quería decir todo eso, pero le encantaba que las miraran juntos. Las había hecho él, tenía su cuerpo caliente a su lado, su voz era suave.

—¿Por qué haces eso? —le preguntó esa mañana a su madre.

—Quizá el ponerlas aquí haga que esté a salvo.

—El otro día dijiste que ni siquiera querías pensar en él.

—A veces no quiero. Es un insensato.

Había más. Fotos de ellos tres, por supuesto.

Fotos de Sylvia a medida que iba creciendo: la primera ecografía de ella en el vientre, después una bebé, una niñita, una niña mayor, una adolescente, su cuerpo cambiante, su rostro cambiante, pero que a la vez quedaba claro que pertenecían a la misma persona. Instantes de Sylvia atrapados en el tiempo.

Al poco llegaron las menos halagadoras, las más famosas, las que le había sacado de adolescente.

Las fotos de guerra: edificios bombardeados, estatuas rotas, cuerpos calcinados, niños llorosos y cubiertos de sangre; la joven que se apartaba el velo para mostrar su rostro destrozado.

—¿Por qué cambió? —murmuró Sylvia.

Pero ya sabía lo que había respondido él a eso, y lo que su madre le respondía ahora.

—Dijo que por fin creció a base de pasarse tanto tiempo mirando a través de una lente. Dijo que ahora veía cómo eran en realidad las cosas, cómo habían sido siempre. Decía que había un horror oculto en el centro de todo y que su deber era ponerlo al descubierto.

—Eso no es cierto —replicó Sylvia—. Tendría que olvidarse de la cámara. O apuntarla a mí y a Maxine y a los chicos que bailan, a los que protestan ante el Monumento. Está ciego. Necesita aprender de nosotras. No ha crecido. El mundo es un lugar mejor de lo que cree.

Ahora, la foto que había salido en todos los diarios: Donovan Carr, con chaleco antibalas y chaqueta de tela, sentado entre ruinas humeantes en Siria con un casco de acero en la cabeza, una cámara en la mano y una sonrisa en el rostro como si no hubiese nada en el mundo que lo preocupara.

—Un tío guapo —dijo la madre—. Estúpido e insensato.

Poco después de aquella foto se había iniciado el ataque aéreo, un ataque que tenía otro objetivo. Casi lo mató. Le hizo pasar una semana en un hospital de Beirut, después un mes en el hospital Freeman de Newcastle, después meses de psicoterapia y fisioterapia y promesas de que había aprendido la lección, de que se iba a mantener bien lejos de las zonas de guerra. Promesas vacías. En cuanto se recuperó volvió a buscar desastres.

El recuerdo le provocó un escalofrío a Sylvia.

El recuerdo de las peleas le provocó un escalofrío.

Dijo que había una belleza muy especial en la destrucción, en la guerra.

La madre de Sylvia estaba reviviendo los mismos momentos.

—¡Belleza en la guerra! —estalló ahora.

Colocó un jarrón con flores en la estantería bajo las fotos.

—Esto es belleza —dijo—. Esto es la verdad.

Se inclinó sobre las flores.

—Haced que vuelva a salvo —susurró.

—¿Para que puedas decirle que vas a dejarlo? —replicó.

—¿Qué?

—Eso es lo que vas a hacer, ¿no?

—No puedo hablar de eso con mi hija.

—¿No? ¿Por qué no? Quieres dejarlo, ¿verdad?

Su madre se dio la vuelta.

—Sí. No. Quizá. No es fácil vivir con un hombre que busca la destrucción, Sylvia.

La chica suspiró. Sí, era cierto que él parecía ir siguiendo a la destrucción, pero también sabía lo orgullosa que estaba de él. Aunque, como tantos de los autodenominados adultos, tenía que cambiar. Tenía que aprender de los jóvenes.

—¡Maxine! ¡Maxine! ¡Eres tú!

Aquel mismo día, más tarde. Había subido más alto que nunca. Estaba sobre un peñasco. Al ponerse de puntillas hubiese jurado que alcanzaba a ver hasta el mar. Debía de ser eso, esa superficie oscura lisa en el horizonte, bajo el azul vacío.

Y el móvil. Por alguna razón, ahí arriba funcionaba.

—¡Maxine!

—Sí, soy yo. ¿Quién más iba a ser?

—La señal no es muy buena, Maxine. ¡Cuéntamelo todo!

—Bueno… ¿por dónde empiezo?

—¡Todo!

—Suenas desesperada. Solo hace un par de días que te has ido.

—Estoy bien. Ya me voy acostumbrando. Cuéntame. Cuéntame. Cuéntame, rápido.

—Bueno, pues la actuación fue bien. Mickey estuvo genial, claro… —Su voz se desvanecía, se oyó un crujido, desapareció, volvió— … y después todos de vuelta a mi…

—¿A tu qué?

—… toda la noche, hablando, bebiendo…

—¿Con quién?

La conexión se cortó.

Sylvia se movió por el peñasco, intentando recuperar la señal. Agitó el móvil como una varita mágica.

39

Sin cobertura.

Apuntó el teléfono al horizonte y sacó una foto.

La señal volvió.

—… y hoy todo el día en la bahía de Cullercoats y…

Desapareció de nuevo. Nada de nada.

—¡Maxine! ¡Maxine!

Agitó la varita, solo captó el silencio.

—Te mandaré una foto —dijo.

Le dio a «Enviar».

Probó de nuevo. Una vez más.

Nada. Ausencia. Cero.

—¡Maldito sea este lugar! —exclamó.

Gritó de nuevo. Se llenó los pulmones del denso aire del norte y soltó otro aullido.

Le pareció maravilloso gritar así, llenar el aire vacío de sonido, de sí misma, del grito de Sylvia Carr.

Pegó una patada en el suelo.

Tud tud. Tump tump. Crac crac. Bam bam.

Rio a carcajadas, a tanto volumen como le fue posible: la belleza del ruido que salía de ella misma. Gritó y aulló, un animal. Era genial sentir la libertad de poder hacerlo, gritar y que no la oyeran más que los buitres y las ovejas y las vacas y las criaturas que se deslizaban, se movían, zumbaban, dentro de los brezos y en la hierba. En aquel momento le pareció maravilloso no estar en la ciudad sino allí sola, en la vasta y desnuda naturaleza.

—¡Soy Sylvia! —gritó a aquella vastedad y desnudez—. ¡Soy una bestia aulladora, eso es lo que soy!

Y después, exclamaciones sin palabras y aullidos y risas, hasta que se quedó sin más que gritar, sonriéndose a sí misma y a su corazón, que volvía a su ritmo normal.

Ahí estaba, sola, de pie sobre aquel peñasco, repitiéndose:

—Sylvia, al final es cierto: te has vuelto loca del todo, cariño.

Recuperó el aliento y se puso en cuclillas para tocar la roca oscura bajo sus pies. Crecía musgo y liquen, y también marcas grabadas en la roca, curvas y círculos y espirales encadenadas. Pasó la mano por ellas, las resiguió con los dedos.

Las marcas parecieron moverse ante su vista.

—Qué lugar más raro —susurró—. Raro como la loca de Sylvia Carr.

Continuó tocando, siguiendo las marcas, extrañas, encantadoras.

Sintió como un mareo.

El móvil zumbó.

Un mensaje de Maxine.

«¡La leche, Sylvia, ahí no hay nada! ¡Está todo vacío!».

Volvió a bajar por el páramo. Siguió sintiendo agitación y temblores en su interior. En una colina lejana había una familia de ciervos. Se quedaron quietos un momento, observando, y después siguieron su camino, despreocupados, tranquilos en su mundo. Sylvia miró hacia el centro del bosque. Ahí estaba, pesado, denso, kilómetros y kilómetros y kilómetros. Todos los árboles uniformes y oscuros. Se ondulaban con el terreno, con apenas un claro donde estaba la presa, el lago, que a aquella distancia se veía inmóvil y oscuro e inanimado como una piedra.

Entonces oyó otro de los estallidos amortiguados del día anterior. No es nada, se dijo a sí misma. Una ilusión.

Arrancó un poco de hierba. Sopló, emitió una nota aguda y sí, un zarapito respondió.

En el cielo por encima de ella había alondras, tan pequeñas y volando tan alto que apenas se las veía. Su canción la llevó de vuelta a Newcastle, a los muelles, el amplio y encantador espacio lleno de hierba y tan cercano al centro de la ciudad. Apenas la semana anterior se había sentado bajo las alondras cantarinas, en un banco verde de metal. La tarde era cálida. Se cogieron de las manos con Maxine, se recostó en ella. Hablaron entre susurros de qué harían de mayores, cuando acabaran los estudios y tuvieran que salir al mundo.

Sabían que en realidad no podían saber qué pasaría, pero temblaron ante lo emocionante y terrorífico de la expectativa.

—¿Qué pasa si no hay ningún mundo al que salir? —se preguntaron.

Estaban repletas de temores y dudas.

Murmuraron sobre el planeta en llamas, sobre el hambre y la guerra y la muerte, sobre los odiosos adultos que fracasaban y no paraban de fracasar. Hablaron de lo diferente que debía de haber sido todo cuando sus padres eran jóvenes. Cerraron los puños y hablaron de las manifestaciones a las que habían ido y a las que les quedaban por ir. Por unos instantes casi sintieron desesperación. Pero el paisaje era muy bonito, con el sol proyectando su luz sobre el muelle, y el canto de las alondras era maravilloso, y sus cuerpos el uno contra el otro les resultaban reconfortantes y tranquilizadores y bellos, y tenían amigos cerca, y familiares, y no paraban de pensar y darle vueltas a todo, y sus corazones latían y sus corazones y sus almas volaron tan altos como las alondras que cantaban por encima de ellas. Y eran jóvenes, y a pesar de todas las dudas y los temores casi les producía dolor el amor y la amistad que sentían la una por la otra, casi les dolía el deseo de contribuir a crear un mundo mejor.

—¿Vas a quedarte siempre aquí? —le preguntó Maxine—. ¿O vas a irte, vas a vagar por el mundo como él?

—Muchos vamos a irnos —contestó ella—, y estaremos repartidos por todas partes. Pero seguiremos llevándonos los unos a los otros en el corazón, y oiremos nuestras canciones estemos donde estemos, para siempre jamás.

Ahora, en la lejanía de Northumberland, se protegió del sol con una mano e intentó ver a los pájaros. Lo consiguió: puntitos muy negros que daban vueltas muy por encima de su cabeza, sobre sus nidos cavados en la tierra, y cantaban y cantaban.

—¡Hola, alondras! —las llamó—. Cantadle mi canción a Maxine. Cantadme a mí la canción de Maxine.

Entonces pasó un jet lejano, y otro más detrás, máquinas horribles que atravesaron en silencio el precioso cielo.

Alzó los brazos y protestó con los puños cerrados.

Les lanzó un cuchillo invisible.

Les disparó un bazuca imaginario.

Les gritó toda clase de insultos.

Y mientras gritaba ellos giraron y se dieron la vuelta, como si la hubiesen visto y oído y aquella fuera su respuesta, y se le acercaron como flechas negras y afiladas y bellas a su extraña manera, volando tan bajo que Sylvia imaginó que casi podría tocarlos si extendía los brazos, y se levantó con los insultos aún manando de su boca y los puños aún cerrados y alzados, hasta que el rugido de los jets hizo que el aire temblara y también la tierra alrededor y ella tuvo que agacharse y cubrirse las orejas y proteger su alma inquieta.

Sábado por la noche. Era la noche de la música. Sylvia dijo que no quería ir. Música vieja y aburrida, la llamó. Gente vieja y aburrida. Lugar viejo y aburrido.

Prefería leer, o escribir, o dibujar, o simplemente quedarse en casa y estar triste o pensar en el mundo y en la belleza de las alondras o sobre ser joven o sobre echar de menos a Maxine y sobre querer ir a una manifestación o a la bahía de Cullercoats.

Y su madre se limitó a sonreír.

—Ay, Sylvia —le dijo—, sé reconocer cuando sientes timidez. —La chica soltó un bufido de desprecio y se puso colorada—. Nos va a venir bien, cariño. Conoceremos a unos cuantos vecinos más.

Sylvia gruñó, pero se puso unos vaqueros limpios, una sudadera, unos pendientes con forma de estrellas y un poco de lápiz de labios.

—Así está mejor —le dijo su madre—. ¡Mira que eres guapa! —Se colocó a su lado, la rodeó con un brazo, la hizo darse la vuelta para que las dos se vieran en el espejo junto a las fotos—. ¡Mira que somos guapas las dos!

A Sylvia se le escapó una sonrisa.

Vio su rostro en su madre, y el de ella en sí misma.

Salieron y anduvieron por la callejuela, bajo la luz cada vez más débil, hacia el centro social.

Un hombre las adelantó; cargaba con una funda de violín a la espalda. Les deseó buenas noches. Su madre le devolvió el saludo.

Había unos cuantos más, de todas las edades, que llevaban instrumentos y fundas. Llegaban a pie desde más allá del pueblo; dos de ellos emergieron del propio bosque. También había furgonetas y coches. Y niños en bicicletas con zapatos de baile colgando a sus espaldas.

Entraron. Sylvia se mordió el labio inferior. Sentía timidez.

Había una larga barra de bar, con gente que tomaba pintas de cerveza y copas de vino. Grupos sentados ante mesas cuadradas. Niños que corrían por el lugar y daban saltos en el espacio vacío en la otra punta de la sala. Tiras de luces horteras que colgaban del techo. Sylvia mantuvo la cabeza baja: no le gustaban esas luces que podían mostrar tan claramente lo colorada que estaba.

Se quedó en la barra al lado de su madre, que pidió vino y cacahuetes.

—¿Tú qué quieres? —le preguntó a Sylvia.

«Vodka», pensó ella.

—Nada —respondió—. Una Coca-Cola.

—¿Buscamos dónde sentarnos?

—Hola, Sylvia. —Era Andreas Muller. Estaba en una mesa cercana, un vaso de cerveza ante sí. Lo acompañaban otro hombre y una mujer—. ¿Vienes a sentarte con nosotros?

Sylvia dudó, pero entonces su madre empezó a ir hacia allá. Las dos fueron juntas.

Era un matrimonio de una granja de la colina. Se presentaron como Oliver y Daphne Dodd. Él llevaba un traje de tweed marrón, ella un viejo vestido de flores rojo y marrón; sostenía una flauta pequeñita que dijo que se llamaba «pícolo».

—¿Tú tocas algo? —le preguntó Oliver.

Sylvia negó con la cabeza. Nada, aunque de repente recordó las clases de flauta dulce con la señorita Pringle en primaria, la boquilla de plástico, los dedos en los agujeros, su vergüenza al tocarla, las notas indecisas que le salían.

Le dio vueltas a su vaso de Coca-Cola. Su madre le apretó el brazo suavemente y habló con Andreas y los demás sobre el centro, el pueblo, la belleza del lugar. Andreas explicó que ella había regresado tras una larga ausencia. Oliver y Daphne le preguntaron por su vida. Ella les habló de su trabajo con niños con problemas.

—Últimamente hay muchos —dijo Daphne—. O quizá siempre haya sido así. Este mundo siempre ha sido un lugar tan maravilloso como complicado. —Miró a Sylvia—. ¿Tú tienes problemas, cariño?

La chica volvió a ruborizarse y apartó la vista.

Su madre le apretó el brazo un poquito más.

—Solo es tímida —respondió por ella.

La palabra encendió a Sylvia.

Quiso gritar: «¡No soy tímida!».

Quiso gritar: «Y si lo fuese, ¿qué pasa?».

Quiso repetir las maravillosas palabras que le había dedicado Maxine: «No eres tímida, mi encantadora amiga. Lo que parece timidez es tu fuerza. Eres abierta y sincera y valiente».

Pensar en Maxine la hizo calmarse.

«Los que son para preocuparse —quiso decir— son los nada tímidos».

Pero los adultos ya habían cambiado de tema. Daphne y Oliver intentaban recordar a los abuelos de Sylvia, aunque no lo conseguían.

—Fue hace tanto… —dijo Daphne pensativa—. Y fuisteis tantos… Sí recordamos esos tiempos en que os marchasteis todos.

Sylvia escuchaba sin gran interés y daba sorbos al vaso de Coca-Cola.

Pensó en su vida en Newcastle, en sus fantásticos amigos.

La gente tocaba diferentes melodías en sus violines. Un par de niños emitían chirridos con unas extrañas gaitas en miniatura. Había una joven pelirroja en un rincón con los ojos cerrados, una gaita atada a la cintura. Apretaba los fuelles contra el cuerpo con un codo. Pasaba los dedos por las estrechas cañas y salían notas como de pajarillos.

Dos chicas hacían ruido en el suelo con sus zuecos de baile.

Un hombre alto empezó a colocar un micrófono en el espacio vacío.

—Hola, Sylvia. —Era Colin. Había aparecido a su lado—. Estamos contentos de que hayas venido.

Señaló unas mesas más allá, hacia donde estaba Gabriel con un chico y una chica. Los tres tocaban juntos sus violines apoyados sobre el hombro. Gabriel hizo una pausa, sonrió y saludó con la mano.

—Si puedes, ven a sentarte con nosotros —ofreció Colin—. Yo soy Colin —le dijo a la madre de Sylvia—. Él es mi hermano Gabriel. Nuestro padre también está por aquí. Hola, Andreas.

Andreas sonrió.

—Hola, amigo mío —contestó.

Y Colin se fue.

La madre de Sylvia sonrió y volvió a apretarle el brazo.

—Los conocí cuando salí —murmuró la chica.

Le dio vueltas a su vaso de Coca-Cola.

Andreas rio.

—Es imposible venir a Blackwood y no topar con nuestro Colin.

Sylvia miró hacia Gabriel, que se había inclinado hacia delante mientras ensayaba con su violín. Movía el cuerpo al compás. Ella no consiguió distinguir qué melodía estaba tocando. Él hizo una nueva pausa y volvió a mirarla. Ella apartó la vista.

El hombre alto del micrófono se dirigió a toda la sala.

—Buenas noches, amigos. Me alegro de veros en este lugar tan acogedor. —Oliver dijo que el hombre se llamaba Mike, y este procedió a cantar una canción llena de matanzas y muerte y dolor. Después se echó a reír—. Vaya con las viejas baladas, ¿eh? Antiguos relatos llenos de sangre y muertes salvajes. Pero aquí tenéis otra para los de corazón más sensible.

Y volvió a cantar, esta vez sobre bosques y colinas y el viento y el trinar de los pájaros y el manar del agua.

Entonces algunos se pusieron en pie y fueron interpretando temas con sus violines y sus flautines y sus acordeones y sus gaitas. Al principio, quienes claramente aún estaban aprendiendo, incómodos con sus instrumentos. Sus melodías se entrecortaban, cometían errores, pero el público los animaba a seguir, los aplaudía. Después empezaron otros. Hombres y mujeres mayores que también tocaron para ellos. Gabriel y sus amigos tocaron una canción de baile con sus violines, que hizo que todos dieran palmadas y golpes en el suelo siguiendo el ritmo. Cuando acabó, Gabriel alzó su violín y rio en dirección a Sylvia, que volvió a apartar la vista.

Ella siguió dándole vueltas a su vaso, intentando resistirse. Intentó repetirse que todo eso eran tonterías de viejos. Pero la música le llegaba, la afectaba, se instalaba en su interior. Las luces horteras disminuyeron de intensidad. Empezó a relajarse, a superar la timidez y la resistencia, a ceder ante lo que sucedía a su alrededor. Un hombre anciano, anciano como Andreas, con un viejo traje marrón, tocó una gaita como si esta formase parte de su cuerpo, como si la música que emanaba de ella fuese su propia respiración. La sala se quedó en silencio durante su interpretación. Cuando acabó fue como si se rompiera un hechizo. Otros gaiteros, otros acordeonistas, la atención de Sylvia, se entretejían por momentos. Por momentos veía que Gabriel la miraba desde su mesa. Por momentos se repetía a sí misma que todo aquello era una soberana tontería. No podía dejar que cosas como esa la afectaran. Pero, una y otra vez, se sentía atraída de nuevo. Se olvidó de Gabriel. Una y otra vez sentía que la música la buscaba, que quería que se dejase llevar por ella.

—¿Te encuentras bien, cariño? —le preguntó su madre en un momento.

Sylvia casi había olvidado que ella estaba allí.

—Sí —murmuró—. Sí.

Su madre sonrió y abrió mucho los ojos.

—Te hace sentir fuera de lugar, ¿verdad?

Sylvia asintió.

—Sí.

—Quizá tendrías que haber seguido con la flauta, ¿verdad?

Daphne fue hacia el micrófono y tocó su pícolo. Una extraña melodía pero muy animada y que consiguió que todo el mundo se echara a reír. La joven pelirroja tocó su gaita, melancólica y triste. Cerró los ojos mientras interpretaba. Sylvia se la quedó mirando. Era como si la mujer hubiese desaparecido, como si se hubiese convertido en el instrumento, en la música. La chica soltó un gruñido cuando una de las bailarinas con zuecos acudió a acompañarla. «¡No, no lo estropees!», pensó. Pero los fuertes e insistentes golpes de los zuecos contra el suelo eran como golpes de tambor que llamasen a la propia tierra, un insistente ritmo bajo la dulzura de la gaita, unos golpes que vibraron en el cuerpo de Sylvia, penetraron hasta lo más profundo de su mente.

Volvió a mirar a Gabriel. Ahora estaba a un lado de la sala, con sus amigos. Contemplaba a los intérpretes, no a ella. Movía el cuerpo como si bailara. Sylvia lo observó. Su cuerpo, tan rítmico. Entonces salieron al escenario un par de chicas más jóvenes que ella. Cantaron juntas, en preciosa armonía, de praderas y mañanas y peces y pájaros y madres y padres y granjas, y las lágrimas acudieron a los ojos de Sylvia mientras las contemplaba, perfectamente sincronizadas, unidas por completo en la belleza de la canción y en su propia belleza, y ella pensó de nuevo en Maxine, y se acercó más a su madre para sentir sus cuerpos juntos y su madre la rodeó con un brazo y tarareó aquella antigua y familiar melodía hasta que acabó y todo el mundo en la sala aplaudió y vitoreó y Mike volvió al micrófono para dar de nuevo las gracias a todos y levantó mucho los brazos y dijo:

—¡Y ahora, buenas gentes, sigamos bebiendo y bailando!

Y se hizo a un lado, y aún otro grupo se reunió en el espacio vacío y enseguida empezaron a tocar y la gente comenzó a bailar.

Andreas se inclinó sobre la mesa hacia Sylvia.

—¿Tocas algo? —le preguntó.

Ella casi le contestó que solo la flauta dulce, y muy mal, aquel instrumento que le había resultado tan ridículo y ajeno. Pero se limitó a negar con la cabeza.

—Quizá algún día lo hagas —dijo él.

Sylvia se encogió de hombros.

—¿Y bailas? —siguió Andreas.

¿Bailar? Sí, bailaba con Maxine, Francesca y Mickey, y sí, ahora sentía la música fluir en su interior, los músculos y las extremidades reaccionando ante ella. Pero ¿cómo iba a bailar allí, con esos desconocidos en aquel extraño nuevo lugar?

Bajó la vista y negó con la cabeza.

—¿Señora Carr? —preguntó él.

Su madre rio.

—Será un placer, Andreas. ¿Vas a estar bien, querida?

Sylvia asintió, y contempló al frágil anciano y la fuerte joven avanzar por entre las mesas hasta la zona de baile. Andreas condujo a su madre cogida de la cintura y las manos. Se movían juntos, de forma un poco torpe, al ritmo de la música.

—Hola, Sylvia. —Gabriel estaba a su lado, funda de violín en mano—. ¿Quieres bailar? —Ella respondió que no—. No es difícil. Nada de lo que asustarse.

La chica lo miró. ¿Qué le hacía pensar que estaba asustada?

—Hola, Gabriel —dijo Daphne—. Sylvia está bien. Ya bailará si quiere, hijo.

—Ya lo sé —replicó él—. ¿Puedo sentarme?

Sylvia se encogió de hombros.

Él se sentó. Picoteó del bol de cacahuetes de la mesa. Dejó la funda del violín ante ellos.

El granjero cogió a su esposa de la mano.

—Ahora tienes compañía —le dijo a la joven—, así que, si no te importa, voy a llevarme a mi mujer y bailaré con ella.

Y, sin soltarse las manos, Oliver y Daphne se fueron a bailar.

—Buena gente, ¿eh? —comentó Gabriel.

—Sí.

—¿Te estás adaptando bien aquí? —Sylvia miró a su madre, que la saludó con la mano—. No hablas mucho, ¿verdad?

Ella seguía oyendo el eco de los zuecos de la bailarina en su interior.

¿Por qué iba a dirigirle la palabra a Gabriel?

Se llevó un cacahuete a la boca.

—Me imaginaba que ibas a venir —dijo él.

—¿Ah, sí? ¿Por qué?

—No sé, es raro, pero me lo imaginé. Cuando te vi en tu ventana pensé: «Sylvia va a venir». ¿Es una bobada?

—Seguramente.

Gabriel se inclinó, acercándose más, como si algo urgente lo empujara hacia ella.

—El mundo es un asco, ¿eh? Pero no, ¿verdad? Es un asco y no es un asco. Es asquerosamente maravilloso. —Ella no dijo nada—. Perdona. Quizá sea que he estado demasiado tiempo aquí solo.

Ella se metió otro cacahuete en la boca.

—Sí —contestó—. Quizá sea eso.

—¿Quieres salir fuera conmigo?

—¿Qué?

—Solo un momento. No es para nada raro. Bueno, nada horriblemente raro.

Sylvia miró hacia la zona de baile.

Vio a su madre danzando feliz.

—Nos mantendremos a la luz —insistió él—. Solo será un momento. Quiero mostrarte una cosa.

—¿El qué?

Gabriel se llevó las manos a la cara.

—Ay, la leche, qué idiota soy. Dime que me largue y lo haré.

Ella se rio. El chico parecía muy avergonzado. Le dijo que vale y se levantó. La puerta de salida no estaba muy lejos. Estaba abierta a la noche. Sylvia abrió el camino.

Otros ya estaban fuera. Un grupo pequeño, cotilleando. Un par de tíos fumando cigarrillos. Una pareja besándose. Nadie pareció reparar en ellos. En el límite de la luz había un banco de metal. Fueron a sentarse allí. La música también salía con ellos y se perdía en la noche, en sus cuerpos y en sus mentes.

Gabriel se colocó la funda de violín en el regazo. Miró alrededor para asegurarse de que no hubiese nadie observándolos. La abrió. Metió una mano y sacó de debajo del violín lo que parecía una flauta pequeña.

—Es esto. Lo que estaba tocando la otra noche.

La sostuvo en sus manos abiertas. Era de color crema, de apenas unos pocos centímetros.

—Es una flauta de hueso —explicó. Se la acercó a ella—. Es el hueso de un animal.

—¿Un hueso?

—Sí. Quizá de un ciervo, o de un zorro. También se hacen de pájaros y hasta de peces.

Sylvia se echó atrás. ¿Cómo podía él ponerle algo así en las manos?

—¿Ves la boquilla? —dijo Gabriel—. ¿Ves los agujeros para los dedos? Lo han convertido en un instrumento. —Volvió a ofrecérselo—. No sé qué antigüedad tiene. Quizá cien años, quizá varios cientos más. O a lo mejor solo cinco o diez. Cógelo. Sostenlo. No va a hacerte daño.

Pero ella seguía sin poder, aunque había la suficiente luz como para apreciar su extraña belleza. La tocó con la punta del índice. Era seca, lisa, suavemente curvada.

—No se la he mostrado a nadie más —dijo él—. Bueno, solo a Colin y a mi padre. Pero como consiguió hacer que fueras hasta la ventana… —Se la llevó a los labios y tocó una única nota ondulante—. Fueron el primer tipo de instrumentos musicales. Los usaban en las cuevas antiguas. Se han encontrado por todo el mundo. —Tocó unas pocas notas más, suaves, apenas audibles—. Eran objetos mágicos. Se usaban para encantar a los vivos. Se usaban para llamar a los muertos. —Sylvia sintió cómo las notas la atravesaban—. Con esto es como se inició toda la música.

Alguien cercano preguntó:

—¿Qué diablos es eso?

Gabriel dejó de tocar.

—¿A que es especial? ¿A que es poderoso, raro?

«No pares», deseó decirle ella.

—Quizá cuando tocaba esta flauta de hueso aquí en el norte, tú me oíste desde el corazón de la ciudad.

La madre de Sylvia salió por la puerta.

Gabriel volvió a meter el instrumento en la funda.

—¿Todo bien aquí fuera? —preguntó la mujer.

—Sí —dijo Sylvia.

—Tú eres Gabriel, ¿verdad?

—Sí.

Se dieron la mano.

Su madre parecía feliz, quizá hasta un poco bebida.

—Esto es encantador, querida —dijo—. Estoy haciendo muchos amigos. Gabriel, he conocido a tu padre. ¡Y lo bien que baila! ¡Vaya, mirad qué estrellas! —Dentro continuaba la música. Ella se cimbreó y siguió el ritmo con un pie—. ¿Es que no vais a entrar al baile?

—Quizá más tarde, mamá.

—Bueno, pues, si estás bien aquí fuera, mejor que yo vuelva.

Se fue.

—Es simpática —dijo Gabriel.

—¿Qué querías decir con eso de si yo te oía desde el corazón de la ciudad?

—No lo sé. —Agitó la cabeza como para indicar que era un idiota—. Hay tantas cosas que no sé, tantas cosas que no sabe nadie. ¿Qué te ha hecho venir aquí?

—Mi madre estaba harta del trabajo. Harta de mi padre

y del trabajo. Necesitaba ir a algún lugar tranquilo y bonito, eso es todo.

—Pero tú... ¿por qué has venido tú?

—¡Yo no tenía ningunas ganas de venir! —Se rio de sí misma. Él también rio.

—Y ahora estás aquí.

—Y ahora estoy aquí.

—Y a fin de cuentas no está tan mal.

Ella lo miró a los ojos, que brillaban.

Se encogió de hombros.

—No, no está tan tan mal como creía.

Escucharon la música que llegaba desde dentro. La gente entraba y salía por la puerta. Algunos saludaron a Gabriel. Él les presentó a Sylvia y también la saludaron a ella.

—Esta es una comunidad extensa —explicó él— repartida por los campos y las colinas. La música es lo que los une.

Un grupo de chicos se sentaron en la hierba, entre murmullos. Se iban pasando una botella de algo.

—Quizá tendríamos que volver a entrar —dijo Sylvia.

Se levantó y fue hacia la puerta.

Tocaban gaiteros y violinistas.

Gabriel fue a su lado. Sus padres estaban cogidos de la mano y daban vueltas y se contorsionaban mientras bailaban.

—No parece que nadie nos necesite —dijo Gabriel. Salieron de nuevo—. ¿Quieres ir un poco más lejos?

—¿Más lejos?

—Por aquí hay demasiada gente. Solo un poquito más lejos. —Señaló con la cabeza hacia la oscuridad entre el pueblo y el bosque—. Más allá hay otro banco. No pasa nada. Sabes que yo no voy a intentar nada, ¿verdad? Solo estoy un poco loco, pero soy inofensivo.

Fueron hacia las sombras. Desde atrás les llegaban risas. A Sylvia el corazón le daba saltos en el pecho. La hierba sobre la que caminaban parecía refulgir. La linde del bosque era muy pronunciada, se volvía totalmente negra de repente. Llegaron hasta el banco y se sentaron. Seguía dándoles la luz de la luna y las estrellas. La luz que emanaba del local era como un farol lejano.

Él volvió a sacar la flauta de hueso.

—Las usaban en los rituales de iniciación. Ayudaban a los niños a sobrellevar las transformaciones que los volvían adultos. —Rio suavemente. Le brillaban los ojos, le brillaba el rostro—. Crees que me lo estoy inventando todo, ¿verdad?

—No —respondió ella, aunque no lo entendía.

—¿Qué hacemos hoy con los chicos? Los embutimos en colegios, los atrapamos entre cuatro paredes, los apiñamos y les ponemos exámenes. ¿Qué son hoy los ritos de iniciación? ¿La selectividad?

—¡A mí me toca el año que viene! —rio ella—. Debería estar de vuelta en casa, estudiando.

—Estás mejor aquí.

—¿Ah, sí?

—Algo va mal, ¿no? Mira cómo está el mundo. Mira a todos esos niños ansiosos, con problemas. Necesitamos más, ¿no?

—¿Más qué?

—¡Más de todo! ¡No lo sé! ¡Yo no sé nada! —Y entonces volvió a ponerse intenso—: ¿Es que tú no lo sientes?

—¿Que si siento qué?

—La necesidad de ser tu yo verdadero, la necesidad de ser la Sylvia Carr que toda la creación desea que seas.

Ella empezó a contestar que no, pero no se decidió a hacerlo. ¿Podía ser eso lo que sentía en su interior? ¿La necesidad de ser la persona que toda la creación deseaba que fuera?

Miró a los ojos a aquel chico tan raro. En su interior ardía el espíritu, la pasión. Él le devolvió la mirada.

—Eres especial —le dijo Gabriel—. Eres diferente.

—¿Ah, sí? Ni siquiera sabes cómo soy. Acabamos de conocernos.

—Eso no importa. Tienes alma, o algo así. No sé qué diablos es, pero lo veo en ti. Algo que hemos perdido. Algo que necesitamos. Algo para lo que no tenemos palabras.

—Vaya chorrada —replicó ella.

Él se rio.

—Sí —dijo, bajando la voz—. Quizá sí que he estado demasiado tiempo aquí solo. Quizá sea una chorrada total, pero te miro y me pareces alguien especial.

—Solo soy yo. La pequeña Sylvia. Sylvia Carr.

Él miró hacia la noche como si buscara algo en ella.

—¡Eso es! —susurró—. Quizá tú seas lo que yo he intentado ser pero no puedo.

—¿Y qué es eso, Gabriel?

—Una especie de chamán o algo así.

—¿Eh?

—Un chamán. Un mago. Alguien que hace magia.

—¿Ah, sí?

—¡Sí! Alguien que se adentra en la oscuridad y la espesura y se transforma y vuelve a salir con hechizos y música que van a cambiar el mundo entero. —Ella rio—. Sí, ya lo sé. Es una idea estúpida. Pero, imagínate… quizá sea verdad.

Sylvia soltó una risita.

—Sí. A lo mejor es verdad, Gabriel.

Él se quedó como sin aliento.

—¡Sí! —exclamó.

—¿Sí qué?

—Vas a necesitar una para ti.

—¿Una qué para mí?

—¡Tu propia flauta de hueso, Sylvia!

Ella se lo quedó mirando, a aquel chico tan raro con el que estaba sentada en un banco al borde de un bosque negro. ¿Qué diablos estaba pasando?

—¡Te encontraremos una! —siguió él—. ¡Te haremos una!

—Estás loco —susurró la chica.

—Ya lo sé —respondió Gabriel—. Y tú también.

Aquella noche, cuando se despertó, o cuando creyó despertarse, Sylvia volvió a oír la música. Pero, acostada en la cama, se dio cuenta de que esta vez no llegaba desde fuera sino que, de alguna forma, salía de sí misma. Ella era la flauta de hueso. Algo la estaba tocando. Abrió la boca y dejó salir una nota. Se sintió feliz. Una suave brisa entraba por la ventana. Una lechuza llamaba. Sylvia dejó que saliera la nota. Pensó en la ciudad iluminada a lo lejos, en el horizonte, en el bosque oscuro al final de la calle. Se relajó ante la extraña y a la vez ordinaria certeza de que su mente era tan enorme, podía contener tanto espacio, que podía incluir a todas las galaxias por encima de ella y los zarapitos y las lechuzas y los bancos de metal y los huesos huecos. Volvió a soltar unas notas dulces. Le salieron con facilidad de los pulmones, de la garganta, de sus labios abiertos. Por la mañana regresaría hasta donde estaban las marcas en la roca, donde había cobertura. Allí encontraría la voz de Maxine, el oído de Maxine.

—¡Ah! ¡Un tío! ¡Así que por eso tanta historia!

—¡Oh, Maxine!

—¿… guapo?

—¿Qué?

—¡Venga ya, Sylvia! ¿Está bueno?

—Supongo que sí.

—¿Lo supones? Gabriel. Es un nombre bonito.

—Sí.

Crac crac.

Agitó el móvil en el aire.

—¿… hace ahí arriba?

—¿Qué?

—Que qué hace ahí…

Perdió la señal y volvió a recuperarla.

—No lo sé.

—¿Que no sabes lo que te gusta?

—Hoy voy a verlo.

—¡Ah! Eso es bueno, ¡muy bueno!

—¿Qué pasa? ¿Qué haces?

Crac crac. La voz se desvanece, se desvanece.

—… el sábado por la mañana.

—¿Eh?

—… tumbada en el puente del Tyne el sábado por la mañana.

—¡Genial!

—… por el Tyne en bici…

—¿Por el río?

—¡Por el túnel, tonta!

Crac crac.

Agitó de nuevo el móvil como si fuera una varita mágica.
Pisó las marcas en la roca, como si eso fuese a ayudarla.

—Averígualo.

—¿Que averigüe qué?

—Sobre él. Y después me lo cu…

La señal se cortó de nuevo. Sylvia volvió a pisotear las
marcas, agitó la varita mágica, pero no consiguió recuperarla.

—Adiós, Maxine —masculló al aire.

Se sentó en la roca. Se apretó los cordones de las botas de excursionismo y sonrió. Eran muy cómodas. Cogió un poco de hierba y sopló y un zarapito respondió. Las alondras cantaban. No pasó ningún jet. Se tumbó sobre la roca, sobre las extrañas marcas. Se imaginó que las tenía impresas en los hombros y la espalda. Se agitó, se dijo que sentía que estaba sucediendo. Dejó que la luz del sol la bañara. Muy por encima, un par de buitres volaban lentamente en círculos. Cerró los ojos y dejó entrar sus breves y agudos gritos.

Gabriel. Sabía que nunca iba a conocer a otro como él. Sí, era guapo, bien plantado. Pero también era más que eso. Tenía algo dentro que se le reflejaba en los ojos. Pasión, o espíritu, o lo que fuese que había dicho de ella. O quizá se tratase solo de lo que había dicho de sí mismo: una especie de locura.

Aquella tarde, se dijo. Era cuando habían quedado.

Sin saber por qué, se llevó la rasqueta y el cuchillo. Los envolvió en una camiseta vieja y los metió en su pequeña mochila. Su madre le había preparado unos sándwiches, le había dado un botellín de agua.

—Nunca salgas sin provisiones —le dijo—. Al menos en el campo.

Miraron el mapa del lugar en el que estaban: el pueblo, el páramo, el bosque, las granjas, los caminos y las vueltas que daban, los riachuelos. Espadas cruzadas que mostraban dónde se habían luchado batallas. Letras góticas que señalaban los lugares más antiguos. Cruces que indicaban antigüedades.

Sylvia siguió con el dedo el camino por el que había salido del pueblo.

—Aquí es donde he estado hoy. Hay montones de marcas raras en las rocas.

—Arte en las rocas —dijo su madre—. Hay mucho de eso por aquí. Nadie sabe qué significa o cómo lo hicieron, pero se conservará para siempre. Y hay marcas como esas por todo el mundo.

Había un área muy amplia con una línea serrada que la rodeaba, y en mayúsculas gruesas y rojas:

ZONA PELIGROSA

—¿Qué es eso? —preguntó.

Su madre soltó un gruñido.

—Es la zona militar donde el ejército prueba las armas. Donde los soldados se dedican a sus juegos de guerra. Justo en medio de todo este paisaje maravilloso.

—Ah, así que era eso —dijo Sylvia.

—¿El qué?

—Oí unas explosiones. Creí que las había soñado.

Su madre soltó una risotada amarga.

—Son de verdad. ¿Cómo sino iban a asegurarse de que todo funciona, de que todo es preciso? —Pasó la mano sobre el mapa—. Siempre es lo mismo. El terreno parece muy pacífico, pero es mentira. Hay campos de batalla antiguos por todas partes. —Señaló las espadas cruzadas—. Ahí, ahí, ahí y ahí. —Hizo como si levantara algo del mapa—. Si quitáramos los brezos, si quitáramos la hierba, si quitáramos la tierra, encontraríamos debajo siglos y siglos de huesos. —Abrió la mano como para soltar lo que había cogido—. Todo desaparecido, todo cubierto, todo oculto de nuevo. —Plegó el mapa—. No os vais a perder. Su padre dijo que conoce esto como la palma de su mano. Hace buen tiempo. ¿Gabriel te cae bien? —Sylvia se encogió de hombros. Ella sonrió—. Me da la impresión de que tiene mucha vida interior. ¿Adónde iréis?

—Solo dijo que iba a mostrarme la zona.

—No vayáis muy lejos. Y vuelve antes de que oscurezca, ¿vale?

—Sí, mamá.

—Buena chica. ¿Llevas el móvil?

—Sí, aunque no va a servir para nada.

Se sentó en una de las sillas altas de la cocina, con sus botas y su impermeable y la pequeña mochila a la espalda. Se mordió los labios y se quedó mirando a la pared. El corazón le latía a toda velocidad.

Su madre soltó una risita.

—Tienes la misma pinta que en tu primer día de cole.

—¿Ah, sí?

—Sí. De ser muy buena chica y estar un poco asustada.

Oyó cómo él abría la puerta de la valla, lo oyó llamar a la puerta de la casa.

Su madre la besó en la frente y le dijo que se divirtiera. Sonrió mientras la acompañaba hasta la entrada.

Fueron hasta más allá de la capilla abandonada, más allá del centro social.

—Bueno, ¿adónde vamos? —preguntó él.

—Tú eres el que se sabe el camino.

—¡Vaya! ¿Yo? ¿El camino hacia dónde? —Sylvia se encogió de hombros y rio—. Vale, vale. Por aquí.

El sendero se fue transformando en una agreste pista de tierra. En el extremo había un coche deportivo sin ruedas. Había tres tótems caídos sobre la hierba.

—Los hicieron los habitantes del bosque hace mucho —le explicó él—. Acabaron pudriéndose y cayendo. —Tenían forma de cruz. En ellos había marcas grabadas: animales y rostros como de máscaras, alas—. Los niños bailaban alrededor de ellos. La gente hacía pícnics bajo ellos. Aquí es donde yo estaba tocando cuando me oíste.

—¿Y por qué de noche?

—Es más emocionante, ¿no? ¿No te gusta hacer cosas de noche? —Sí que le gustaba. Por supuesto que sí—. Y aquí puedes decir que has visto levantarse a los fantasmas.

—¿En serio?

—En serio. Hace un par de semanas, un montón emergió del suelo.

Fantasmas. De niña, acostada en la cama, la aterrorizaba

la idea de que hubiese fantasmas moviéndose por entre las sombras o que la llamaran a la ventana.

—Dicen que están haciendo otros nuevos para sustituirlos —dijo Gabriel.

—¿Fantasmas nuevos?

—Tótems nuevos, tontita.

—Eso está bien. Los niños necesitan cosas alrededor de las cuales bailar.

Sylvia se puso en cuclillas al lado de los caídos. De los grabados crecían pequeños helechos. Había trozos cubiertos de un musgo de color verde brillante. Vio escarabajos y caracoles y telarañas. La madera que en sus tiempos los había mantenido clavados a la tierra se estaba convirtiendo ella misma en tierra. Apretó las palmas contra esta. A medida que se pudría, nueva vida, nueva belleza, crecía y se acumulaba en ella.

Siguieron caminando. Había un riachuelo ancho y de aguas rápidas con hierba blanda y rocas a las orillas. Había una mujer con un bebé. Estaba encorvada, lo agarraba por las manos, daba pasos muy lentos. La niña caminaba, se envalentonaba, corría, se caía, volvía a levantarse, caminaba, se envalentonaba, corría, se caía.

La mujer soltó una risita.

—Vamos, Rosie —rio—. Puedes hacerlo, preciosa.

Los vio a los dos.

—Hola, Gabriel —lo saludó—. Mira, Rosie, ahí están Gabriel y su amiga. Enséñales cómo caminas.

La niña caminó, se echó a correr, se cayó de espaldas y se incorporó, sentada en el suelo, con una sonrisa.

Sylvia también sonrió. En la cocina había una serie de fotos de sus primeros pasos, con su padre cogiéndola por los brazos alzados, riendo mientras ella se levantaba, se caía y se volvía a levantar.

La mujer estaba encantada.

—Esta es Sylvia —las presentó Gabriel—. Isabel.

Las dos se saludaron.

—¡Dile hola a Sylvia! —dijo Isabel, y la niña agitó una mano con la palma abierta y se rio y movió el trasero como si estuviera bailando.

Siguieron adelante. Cruzaron un puente de piedra con barandilla de madera. En el agua, abajo, había peces.

—Truchas —dijo Gabriel.

Una gran garza gris se elevó al cielo desde más allá de la corriente.

Jugaron a lanzar palos desde un lado del puente e ir al otro a ver cuál llegaba antes.

—¡He ganado, he ganado! —exclamó Sylvia.

—Ni hablar. Ese era mi palo.

—¡De eso nada! ¡Vamos, otra vez!

Rieron y se miraron a los ojos.

Repitieron el juego unas cuantas veces más y después siguieron avanzando.

A la linde del bosque los llamó Isabel.

—¡Rosie os está diciendo adiós con la mano!

Ellos le devolvieron el saludo.

—¡Adiós, Rosie!

Gabriel le tocó el codo un instante, y los dos se alejaron

de la niña y continuaron por la estrecha pista de tierra hasta adentrarse entre los árboles.

Entraron en la sombra. En los repentinos sonidos ahogados. Los árboles totalmente rectos, totalmente verticales, totalmente altos, plantados en hileras totalmente rectas. Un mínimo de luz solar se filtraba a través de ellos.

Sylvia frunció el ceño. Acudieron a su mente las antiguas historias de Ricitos de Oro, de Caperucita Roja, de Blancanieves.

—Cuando era pequeña —se oyó a sí misma decir— íbamos al bosque de Chopwell a cortar el árbol de Navidad. Yo siempre lloraba: creía que los osos iban a venir a por nosotros.

—Hay quienes quieren que vuelvan —comentó Gabriel.

—¿Osos? ¿Aquí?

—Bueno, quizá osos no, pero quizá lobos, y, desde luego, linces. Los traerán pronto. ¿Y por qué no? No supondrían ningún peligro de verdad, al menos no para nosotros.

Se adentraron más. Sylvia intentó imaginarse al lince y al lobo entre la sombra y la luz, entre los árboles.

—Sería genial —dijo.

—Sí. Pero también tenemos que devolver al lobo y al lince a nuestro interior. No serviría de nada reintroducir la vida salvaje en el mundo si no la reintroducimos en nosotros mismos.

Siguieron caminando en silencio.

Sylvia se vio pensando en sí misma como si fuese un bosque.

El lince acechaba dentro de ella.

El lobo aullaba a los bordes de su imaginación.

Se imaginó a sí misma pasando de ser Sylvia a ser un animal.

Paseó por el bosque a cuatro patas, buscando presas, nerviosa ante la posibilidad de convertirse ella misma en una.

Puso la boca como si olisqueara, como si gruñera, como si aullara.

Se imaginó el bosque volviéndose más y más oscuro.

El bosque estaba repleto de historias como aquellas, imágenes como aquellas, posibilidades como aquellas.

Ahora era Gretel, con Hansel a su lado, a punto de perderse.

Miró atrás, hacia la dirección por la que venían. ¿Iban a ser capaces de volver a encontrar la salida?

Se rio de sí misma.

«Deja de pensar locuras —se dijo. Entonces se detuvo un instante—. No. No pares. Piensa locuras, Sylvia».

Abandonaron el camino principal y siguieron por otro más estrecho, apenas visible, por entre los árboles. Sylvia tropezó en la tierra irregular. Había raíces y piñas de abeto caídas, socavones de cuando se había plantado todo aquello. Contempló el terreno levantado, en busca de antiguas rasquetas y cuchillos entre la tierra y las piedras.

Llegaron a un claro. Tierra con musgo, piedras con musgo, un pequeño majuelo con flores blancas radiantes. Un charco oscuro con una hierba verde brillante en su interior; la luz que se filtraba caía sobre él.

Se sentaron en las piedras. Había insectos zumbando. Una ranita minúscula saltaba y pasaba por entre la hierba.

—Hay lugares como este por todo el bosque —dijo Gabriel—. Hay quienes ni siquiera saben que están aquí. Viejos lugares olvidados. Restos de cómo era antes de que plantaran todos esos árboles enormes.

Si su mente fuese un bosque, pensó ella, ¿habría claros como aquel, restos de antiguas Sylvias?

Él se sacó de la mochila el hueso hueco. Se puso a tocar. Le salió una larga, dulce, etérea nota.

—Al principio hay que soplar muy suave —dijo— para hacerse una idea, para aprender cómo crear la vibración adecuada. —Volvió a soplar y susurró—: Mira, ardillas.

Sí, había dos ardillas rojas en una rama baja. Y cuervos en otras ramas más altas.

—Vas a decirme que las has llamado tu, ¿verdad?

—Sí, claro. Yo he tocado y ellas han venido. Tú lo has visto. ¿Qué más quieres ver?

Tocó de nuevo. Tomó aire y sonrió y señaló por entre los árboles.

—Ahí —dijo—. ¿Lo ves?

—¿Que si veo qué?

—¡Allí, mira! Vaya, se ha ido. Ahora te toca a ti.

Le ofreció el instrumento.

Pensó un segundo, limpió la boquilla con la manga y volvió a ofrecérselo.

—No muerde —le dijo.

Ella lo cogió.

Era muy ligero. No mucho más ancho que un dedo, un poco más largo que una mano. Tres agujeros. Tenerlo le produjo una sensación extraña.

¿Sería capaz de llevárselo a los labios? ¿De qué parte de qué criatura se trataba? ¿Dónde habría estado? ¿Quién más lo habría tenido? ¿Qué otras bocas lo habrían tocado? ¿Qué enfermedades podría transmitirle?

—¿De dónde salió? —preguntó.

—Fue poco después de que viniéramos aquí. Quería explorarlo todo. Estaba solo. Encontré una granja en ruinas a varios kilómetros, una de las muchas que habían sido abandonadas. Seguían estando las sillas, un par de cuadros en las paredes, un horno muy viejo en la cocina. Puertas salidas del marco, el techo todo hundido. Había una pila cubierta de musgo con cubiertos y jarrones y portavelas y cosas de esas. Encontré la flauta ahí, entre esos restos. Al principio no supe qué era; después me enteré de la existencia de esos instrumentos, los primeros: huesos huecos. La clase de cosas que habían usado chamanes y magos. Quizá el granjero o su mujer lo habían sido, ¿por qué no?

Sylvia pensó en Oliver y Daphne, la noche de la música. La mujer con el viejo vestido de flores que tocaba el pícolo.

Sí, ¿por qué no iba a ser una maga?

—Toda la música era magia —explicó Gabriel—. Todas las canciones eran conjuros. Cuando los magos tocaban el hueso hueco se fundían con las bestias y los pájaros. Si tocabas el hueso de un águila te convertías en águila. El hueso de un zorro te convertía en zorro. Y si tocabas lo bastante bien, podías cruzar la frontera entre los vivos y los muertos. —Contempló su hueso hueco.

—¿Y tú lo tocas lo bastante bien? —preguntó ella.

—No. No sé de qué animal es. Y cuando toco solo soy yo, Gabriel. No cambia nada, y yo me quedo donde estoy. Mi cerebro se interpone.

—¿Tu cerebro?

—No consigo dejar de pensar. No puedo dejar de analizar. Soy demasiado listo. No puedo soltarme, entregarme. —Rio—. Tú crees que estoy loco, pero la verdad es que no lo estoy lo suficiente. Pero quizá tú sí. Quizá tú puedas llamar a los animales. Quizá tú misma te conviertas en uno. Quizá puedas llegar al mundo de los espíritus.

—¡Ja!

—Venga, Sylvia, tócala. —Ella se la colocó ante el rostro—. No va a hacerte daño.

—¿Seguro?

Se la llevó a los labios, pero volvió a sacársela.

Le temblaban las manos.

Volvió a levantarla. Sopló suavemente en ella.

Nada. Solo el ruido amplificado de su respiración nerviosa.

—Cuando empiece a funcionar lo sentirás —le dijo él—. Tranquila. Imagínate el sonido y eso te ayudará a crearlo.

Sylvia cerró los ojos. Tapó uno de los agujeros con un dedo. Respiró y, sí, empezó a oír y sentir cómo su aliento podía convertirse en música. Tapó otro agujero. Respiró más hondo. Encontró la nota de nuevo y la mantuvo durante un segundo, otro segundo, otro segundo.

Aquello la aturdió, la hizo entrar en una ensoñación.

Sopló las notas. Los labios y la lengua le temblaron con las vibraciones.

Bajó el hueso hueco, abrió los ojos.

Gabriel sonreía. Ella le devolvió una risita.

—¡Por el amor de Dios! —exclamó.

—Ahora ya encontrarás siempre la nota.

La chica se secó los labios.

Miró el objeto que tenía entre manos.

—Hazlo de nuevo, Sylvia.

Volvió a tomar aire; esta vez le resultó más fácil dar con la nota. Encontró la forma de tocar un poco más alto. Descubrió cómo cambiar la nota usando los agujeros. Empezó a encontrar la manera de controlarlo. Sintió las notas en su interior además de oírlas fuera. Cerró los ojos y se relajó con la música.

—¡Ahí! —exclamó Gabriel. Señaló por entre los árboles—. ¿Lo ves?

Sylvia se quedó sin aliento.

Un ciervo, y otro más no muy lejos, las cabezas vueltas hacia ellos, las orejas alzadas, los ojos brillantes.

—Ay, sí —bufó ella.

—Tú los has llamado, Sylvia.

—Sí, claro. Ya estaban ahí antes, ¿no?

—¿Tú crees?

Vieron cómo los ciervos se alejaban, desaparecían por entre los árboles.

—Son preciosos —susurró ella.

—Sí. Muy tímidos. Muy raros. Muy salvajes. —Sonrió—. Muy Sylvia.

Siguieron andando por el bosque oscuro.

El tiempo pasaba.

—¿Vas al insti? —le preguntó ella.

—¡Ja! ¡Al insti! No voy. Ya no. Quizá algún día vuelva.

Siguieron andando.

—Otra vez el cerebro —dijo Gabriel.

Sylvia esperó a que elaborase el comentario.

Siguieron andando.

—Soy muy listo —dijo él por fin.

—¿Ah, sí?

—No estoy fardando, es que es así. Desde que era pequeño todos hablan de mi cerebro increíble. «¡Eres genial, Gabriel!». «¡Qué niño más listo!».

—Tienes suerte.

—¿Tú crees? Me adelantaron un curso. Pero entonces me di cuenta de que no quería ser «Gabriel el listo». Vi que a partir de entonces me tocaba ir a estudiar de uniforme. Yo no quería, así que lo dejé.

—¿Por lo del uniforme?

—Por el uniforme y por todo lo demás. Me dijeron que un chico como yo podía conseguirlo todo, serlo todo. Con mi cerebro podría pasar los exámenes, podría pensar lo mismo que todos y más, podría ir a Oxford para que todos me miraran y dijeran «qué listo es ese Gabriel, cómo triunfa. Esperamos lo mejor de él. ¡El mundo es suyo! Va a tener éxito, va a hacerse rico. ¡Puede ser banquero, abogado, político...!». Grandes expectativas. Patético.

—¿Y qué quieres ser?

—Ni idea. Alguien que haga alguna cosa más que pensar, que haga algo más que contribuir a que todo siga como siempre, ¡alguien que sepa tocar la flauta de hueso, ja, ja!

Siguió riéndose amargamente mientras apretaba el paso, hasta que se detuvo. Se subió la manga del brazo derecho.

Sylvia vio las cicatrices, las curvas que la cuchilla o el cuchillo habían dejado en su frágil piel.

Él se subió la otra manga. También tenía cicatrices.

A Gabriel se le humedecieron los ojos.

Volvió a bajarse las mangas.

—Lo siento —dijo—. No quiero asustarte. No tendría que habértelo mostrado.

—No pasa nada, Gabriel.

Le posó una mano suavemente en el brazo.

—No soy el único, ¿verdad?

Ella pensó en los niños con los que trabajaba su madre, las

historias tristes que había oído sobre ellos. Pensó en algunos de los chicos con los que ella misma iba al insti.

—Sé de otros que han hecho lo mismo —le dijo Sylvia.

Él asintió.

Siguieron andando.

Ahora el camino se empinaba. Llegaron a otro claro. Había más arte grabado: curvas y espirales y círculos en una roca negra. Se acuclillaron ante ella y recorrieron las marcas con los dedos. Sylvia cerró los ojos. En su interior se separó de Gabriel. Intentó convertirse en la joven que se había acuclillado allí mismo en el pasado lejano para crear aquellas formas. ¿Cómo era por entonces el mundo? ¿Cantaban las alondras? ¿Acudía el ciervo cuando se lo llamaba con la flauta de hueso? ¿Los jóvenes caminaban juntos por la tierra, hablaban entre ellos, compartían el silencio? ¿Los jóvenes se hacían daño a sí mismos, como Gabriel? ¿Les hacía daño la alegría y el dolor de ser jóvenes?

—¿Te dolió? —le preguntó en voz baja.

—Sí.

Volvió a subirse la manga izquierda, se resiguió las cicatrices con la punta del dedo.

Ella le preguntó si podía tocarlas; él le respondió que por supuesto.

Ella lo hizo, suavemente, y él sonrió y después se bajó la manga de nuevo.

—Fue una locura —dijo—. Una locura de verdad.

Se sentaron junto a la roca.

—Quisieron mandarme al hospital —añadió al cabo de un rato—. Que no sería por mucho; lo justo como para hacerme pruebas y controles y darme un tiempo para mí mismo. Fui a verlo. Todos eran muy amables. Yo creía estar muy enfermo y estaba dispuesto a seguirles la corriente, pero al final... —Ella no le preguntó nada—. Y entonces papá dijo: «¿Por qué no nos vamos y lo dejamos todo por una temporada?».

—¿Y así fue como viniste a parar aquí?

—Sí. Y me siento mejor que nunca.

—Me alegro, Gabriel.

Tomaron agua. Él llevaba un poco de chocolate; lo compartió con Sylvia.

—No le he contado esto a nadie más —dijo.

—Gracias.

Se quedaron sentados en silencio.

Dejaron que la luz los bañara. Escucharon el silencio, que no era tal porque estaba lleno del ruido de la brisa por entre los árboles, de las canciones de los pájaros, de crujidos en la hierba, de sus propias respiraciones y latidos.

Sylvia se tumbó. Una hormiga le trepó por un brazo. Una araña minúscula le pasó por la mano. Unas moscas zumbaban por encima de su cabeza.

A su lado crecía un grupo de margaritas. Si se quedaba inmóvil durante mucho tiempo, se preguntó, ¿cuánta vida se acumularía en ella? ¿Se convertiría en una extensión natural del suelo del bosque? ¿Se fundiría con la tierra de debajo? ¿Crecerían plantas en ella? ¿Habría animales que cavaran en su cuerpo? ¿Se fundiría con el resto de la creación?

Respiró, respiró.

El tiempo pasó. El sol pasó, cruzando lentamente el cielo.

—Podría quedarme aquí acostada para siempre. —Suspiró.

—Yo también. Aunque esta noche pasaríamos bastante frío.

Ella sonrió y se incorporó. Se quedó sentada en el suelo. Fue como salir de un sueño, como despertarse.

—Mejor que nos pongamos en marcha —añadió él.

—¿Hacia dónde?

—Hacia donde vamos. —Rio—. Supongo que lo sabremos cuando lleguemos.

Se inclinó y le ofreció una mano para ayudarla a ponerse en pie.

Le dio un collar de margaritas. Ella se lo puso al cuello. Sintió las flores contra su piel, le encantó la sensación de las flores contra su piel.

—Te queda precioso —dijo él.

—Tú guía. Yo te sigo —dijo ella.

Siguieron por entre los árboles.

Al alcanzar un nuevo claro, Gabriel señaló hacia un lago a pocos kilómetros.

—Ahí dentro hay un pueblo, vías de tren, un colegio. Construyeron una presa. Inundaron el valle y el pueblo y ahora nunca dirías que antes vivía gente allí. —Se rozaron los hombros—. Quizá sea así como acabe todo. Sin ningún humano. Quizá fuese para mejor. —Señaló a los cuervos por encima de los árboles. Habló de las ardillas y los ciervos—. Estarían mejor sin nosotros, ¿verdad?

—¿No crees que vale la pena salvarnos? —preguntó ella.

—Quizá, si cambiamos. Si dejamos de estropearlo todo.

—¿Si nos volvemos salvajes de nuevo?

—Algo así.

Caminaron por entre los aromas de los árboles y las hierbas, por entre los trinos de los pájaros. Sylvia se arrodilló y abrió los brazos sobre la tierra. Estaba fría y blanda y húmeda. Apretó las manos contra la resina de un árbol. Se las pasó por las mejillas. Sintió cada grano de tierra, el frescor húmedo contra la piel.

Sintió el contacto de los árboles, de la tierra, del aire. No era solo Sylvia, era también cada una de esas cosas. Y esas cosas eran en parte ella. Ella era el bosque, la tierra, el aire. Se daban vida entre sí. Quiso amarlos, y ellos quisieron amar a Sylvia.

¿Por qué no nos damos cuenta de que cuando hacemos algo por la tierra lo hacemos por nosotros mismos, y que cuando le hacemos daño nos hacemos daño a nosotros mismos?

Era como si se le hubiese caído una venda de los ojos.

Pensó en cosas que nunca antes se le habían ocurrido.

80

—Somos tan estúpidos… —murmuró—. Quizá nuestra estupidez sea una forma de inteligencia —dijo.

Intentaba convertir sus ideas en palabras.

—Queremos a la tierra. En lo más profundo de nosotros sabemos que queremos a la tierra. No es que solo estemos encima de ella. Formamos parte de ella. Y la queremos.

—Diles eso a los que la queman y la contaminan —replicó él—. Diles eso a los fabricantes de bombas.

—Ellos también. Han perdido la conciencia, no han sabido madurar. Han crecido mal. Quizá sea su propio malestar lo que los hace arder. Quizá sea su desesperación lo que los hace tirar bombas.

Siguieron andando. Sylvia no quería tener aquellos pensamientos, pero no paraban de acudir a su mente.

—Quizá actúan en nuestro nombre —añadió. Él no dijo nada—. Y es que, en el fondo, sabemos que sería mejor para el planeta que no estuviéramos.

—Entonces ¿nos estamos matando por el mundo?

—¡Sí! —Sylvia apuró el paso mientras permitía que sus pensamientos horribles se convirtieran en palabras horribles—. Y lo hacemos cada vez más y más rápido. Bombardeamos y bombardeamos. Hacemos que el mundo se caliente a toda velocidad para que no podamos vivir en él. Sabemos que tenemos que acabar rápido, acabar de una vez, para que todo lo que quede pueda empezar a recuperarse.

—Entonces ¿nos estamos suicidando?

Ella pensó un momento.

—No. No es un suicidio. Es un sacrificio. Nos estamos

sacrificando por el mundo. Nos destruimos a nosotros mismos para que el mundo pueda ser recreado cuando ya no estemos.

—¡Por el amor de Dios! —exclamó Gabriel.

—Por el amor de Dios —respondió Sylvia.

Y de repente se le ocurrió otra cosa que la hizo detenerse. Miró a su amigo.

—¿Tú pensaste eso? ¿Querías suicidarte?

—Sí —respondió él al instante. Apartó la vista y repitió—: Sí. Había momentos en que parecía lo único que podía hacer. Había momentos en que parecía lo mejor que hacer. El mundo iba a estar mejor sin mí.

—Oh, Gabriel…

Él volvió a mirarla.

—Sí, ya lo sé. Oh, Gabriel, pobre chico. Pero ahora estoy bien. De verdad, Sylvia. Soy cada vez más fuerte, más valiente.

Avanzó con paso firme por el bosque. Ella iba a su lado.

Quería que aquellos pensamientos horribles se fueran de su interior, esas ideas sobre Gabriel y sobre la destrucción; pero ellos no querían irse.

Llegaron a un nuevo pequeño claro donde dejaron que pasara el tiempo y comieron un poco.

Pensó en un mundo en el que no estuviera Gabriel, en el que no hubiera ningún humano.

—¿Quién miraría el arte de las rocas? —dijo—. ¿Quién miraría a los ciervos y a los árboles? ¿Quién soplaría en los huesos huecos?

Le resultaba muy extraño que el mundo siguiese existiendo pero sin humanos en él, sin humanos que lo sintieran, sin humanos que simplemente lo contemplaran.

Siguieron andando, y ella miró mientras lo hacían. Qué bello era todo, qué normal y qué milagroso. Extendió los brazos para tocar resina y hojas. Abrió los oídos y percibió el cantar de los pájaros, los susurros de la brisa, los murmullos de sus pies. Abrió los ojos de par en par a la luz mortecina. Aquello superaba su mente. La belleza del mundo la bañaba. ¿Cómo podía haber tanta luz, tanto color, tanta belleza? ¿Cómo podía ser el mundo tan físico, tan presente, tan real y tan repleto de misterio? ¿Cómo podíamos provocarle tanto dolor? ¿Cómo podíamos pensar en abandonarlo?

—Oh, Gabriel —suspiró—. Mira lo bonito que es todo.

—Creo que eso fue lo que me dio fuerzas. Creo que eso fue lo que me salvó. Simplemente eso: la belleza del mundo.

—¡Sí!

—¿Cómo podía ocurrírseme abandonarlo? ¿Cómo podría pensar nadie en hacerlo?

—Quizá quedemos unos pocos para volver a empezar, para hacerlo mejor esta vez.

—O cometer los mismos errores.

—Puede que no sea inevitable.

—Quizá ser humano es cometer siempre los mismos errores.

—Quizá haya otros humanos en algún lugar del universo que no hayan cometido los mismos errores.

—Pero ¿serían humanos?

—¿Y qué significa ser humano?

Siguieron adelante, fascinados y preocupados por sus pensamientos, que vagaban desde los granos de la tierra hasta las estrellas de lejanas galaxias.

Avanzaban por dentro de sí mismos además de por el bosque.

De vez en cuando, sus brazos y sus hombros se rozaban. ¿Quién era él? Sylvia nunca había conocido a nadie igual. ¿Qué era lo que la atraía de él, lo que la hacía sentirse tan libre caminando a su lado, pensar en esas cosas con él? ¿Adónde la estaba llevando todo aquello?

Apartó sus pensamientos del suicidio y del sacrificio. Los dirigió a aquel chico que estaba con ella, a sus amigos en casa, a Maxine y a Mickey y a Francesca, a los amigos con los que bailaba, a la comunidad con la que siempre quedaba frente al Monumento en la ciudad.

—No tiene por qué acabar en destrucción —dijo.

—Damos para más —dijo.

—Podemos cambiar todo eso —dijo.

—¿Quiénes? —preguntó Gabriel.

—Nosotros. Nosotros somos los que podemos cambiar el mundo. Nosotros, los jóvenes raros, apasionados, llenos de problemas, llenos de amor.

Siguieron y siguieron andando.

Sylvia quería encontrar un nuevo claro en el que pudieran sentarse juntos, bien cerca el uno del otro, para hablar y buscar las raíces y las semillas de la esperanza.

Pero lo que encontraron fue otra cosa. Se detuvieron y se quedaron muy quietos.

Ahí estaba, colgando sobre ellos, atrapado entre las ramas de un árbol.

—Un gavilán —susurró Gabriel.

Tenía las alas abiertas del todo, como si estuviera intentando liberarse de su agonía final.

Gabriel se quitó la mochila y trepó hacia él.

Lo desenredó con mucho cuidado. Se inclinó, cogió al ave y se la pasó a Sylvia. Ella alzó los brazos y lo agarró con las dos manos.

También con mucho cuidado, lo bajó hasta el suelo.

Sus alas eran tan grandes como los brazos de ella.

Una combinación letal de plumas y pico y garras, de fuerza y gracilidad y ternura.

El pájaro estaba reseco y había empezado a descomponerse.

Vieron la herida en su pecho, la abertura.

Una herida de bala.

—Dicen que van a por conejos o patos o ratas —se lamentó Gabriel—, pero no pueden evitarlo: ven algo bello, más bello de lo que serán ellos nunca, y no pueden soportarlo; tienen que destruirlo.

Sylvia abrió los brazos sobre el gavilán, sintió el milagro de las plumas y el hueso y la carne contra su piel.

Tan bello, tan salvaje, tan sagrado.

Le cayeron las lágrimas, enfrentada tan de cerca a la crueldad inconsciente de la humanidad.

—Deberíamos enterrarlo —dijo.

—No hace falta —respondió él—. Se descompondrá del todo y pasará a formar parte de la tierra. Se lo comerán y pasará a formar parte de todo. Mira: los gusanos, los insectos ya se están alimentando de él.

Sylvia vio los gusanos, los insectos.

—El gavilán muere —dijo—, y con su muerte ayuda a crear vida.

—La destrucción y la creación. Siempre juntas. A la vez.

Ella acarició las suaves plumas, la dureza pétrea de las garras y el pico. Apoyó las dos manos en la criatura, tan bella incluso tras su muerte.

—Quizá te haya estado esperando a ti, Sylvia —dijo Gabriel.

La chica no entendió el comentario, aunque también se le ocurrió que de alguna manera sí que lo había entendido.

—Tenemos que darle las gracias al gavilán por su vida —siguió él—. Tenemos que pedirle perdón por lo que le ha causado la muerte.

Se arrodillaron sobre la tierra.

Sylvia cerró los ojos y susurró su agradecimiento. De pequeña la habían hecho rezar en el colegio, a un dios en el que ya por entonces no creía. Las palabras que repetía no tenían ningún sentido para ella. Pero ahora, los elogios que le dedicó a aquella criatura de la tierra y el cielo sí le parecieron una verdadera oración.

Cuando se disculpó en silencio, dirigió la disculpa a toda la creación.

—Discúlpanos a todos —murmuró.

—Tendría que haberme traído un cuchillo —dijo Gabriel.

Sylvia se secó las lágrimas y abrió su mochila.

—No pasa nada. Yo he venido preparada.

Sacó el cuchillo.

—Necesitamos el ala —dijo él. Ella lo miró—. Es donde tendrá el hueso hueco para la flauta.

Así que Sylvia empezó a cortar el ala.

De vuelta por el bosque, llevaba el ala en la mano. Era casi tan larga como todo su brazo, ancha como su pecho.

Era tan ligera para su tamaño que parecía hecha de aire.

Caminaron en silencio por entre los árboles totalmente rectos, por entre los claros; pasaron por el arte en la roca, por el charco brillante. Las moscas no paraban de volar alrededor del ala. Ella tenía que espantarlas una y otra vez. Unas pequeñas criaturas se deslizaron desde la extremidad hasta los dedos de Sylvia, que las retiró suavemente con su otra mano.

Al llegar a la linde del bosque hicieron una pausa.

Qué extraño resultaba ver el espacio abierto, el riachuelo, el puente, los tótems caídos, el pueblo.

Ya se acababa la tarde. No faltaba mucho para que oscureciera. El sol caía al oeste.

—¿Cómo vamos a hacerlo? —preguntó Sylvia.

—La dejaré en la cabaña de mi padre. Podemos trabajar mañana.

Llevaron el ala hasta el jardín de Gabriel.

La escondieron bajo un banco de madera en la cabaña del padre.

Volvieron a cerrar la cabaña.

Sylvia sintió como si hubiese estado aturdida y solo ahora veía el jardín.

Allí crecían muchas plantas, verduras.

Había un invernadero.

Había una pequeña turbina de viento, las aspas girando rápidamente con la brisa.

—Papá habrá ido a buscar a Colin —dijo Gabriel—. Pronto estará de vuelta. —Se quedaron quietos, como si no supiesen qué más decirse, cómo estar el uno con el otro—. Si me lo pregunta, le contaré cómo ha llegado aquí el ala.

Ella no dijo nada. De repente volvía a sentir mucha mucha timidez.

Todo aquello era muy nuevo: aquel chico, aquel pájaro, aquel lugar.

—Me voy —murmuró.

Pero no se movió.

Respiró hondo. Se sentía muy diferente a aquella mañana. Nuevos pensamientos, nuevas sensaciones, nuevos movimientos en su mente y en su cuerpo. Ese chico nuevo.

Volvió a mascullar las mismas palabras y siguió sin moverse.

Se miraron el uno al otro.

El sol dorado poniente brillaba en los ojos de él, le hacía refulgir el pelo.

Quería decirle: «Eres muy guapo, Gabriel».

Quería que él le dijera: «Eres muy guapa, Sylvia».

Los envolvieron los cantos de las aves del crepúsculo.

Ella vio un ciervo que se movía justo más allá de los límites del jardín.

—Volveremos a vernos —masculló—. Mañana.

—Sí, Sylvia. Mañana.

—Sí.

Se separaron.

De vuelta en casa, Sylvia no podía quedarse quieta. Su madre quería hablar de cómo le había ido el día.

—Sí, mamá, me lo he pasado bien.

—Entonces ¿Gabriel te… cae bien?

La chica se puso colorada.

—Sí, mamá. Hemos paseado por el bosque. —Su madre sonrió—. Solo un paseo, no hemos ido a ningún lugar en especial. Hemos visto ciervos y ardillas. Y arte en las rocas.

¿Cómo iba a explicarle que su propia mente era un bosque? ¿Cómo iba a contarle que le había cortado un ala a un gavilán y que iba a fabricarse una flauta? Ni ella sabía del todo qué era lo que estaba haciendo o por qué.

—Hemos visto unos tótems —siguió—. Hemos visto a un bebé que estaba aprendiendo a caminar.

—¿Y Gabriel te ha contado algo sobre sí mismo?

—Un poco.

—Parece que lo han dejado todo por un tiempo. Su padre es carpintero. Se están tomando una especie de año sabático.

Sylvia apenas escuchaba. Aún sentía el peso del ala en su mano. Deseaba seguir, usar de nuevo el cuchillo, cortar de nuevo.

—Ha criado a sus hijos solo —añadió su madre—. La madre murió poco después de que naciera Colin.

Sylvia se sobresaltó.

—Eso no me lo ha dicho. Pobre Gabriel.

—Pobres todos ellos.

—¿Cómo lo sabes?

—He tomado un café con él.

—Ah, sí.

—He hecho unos bocetos. ¿Quieres verlos?

Se los enseñó. Anthony sentado en una mecedora. Anthony de perfil. El rostro de Anthony.

—Están muy bien, mamá.

—Es un hombre agradable.

—Genial.

Su madre dejó los bocetos y rio.

—¿Dónde estás, Sylvia?

La chica parpadeó.

—Lo siento. No hay noticias, ¿verdad?

—¿De tu padre? No. Pronto. Seguro que está bien.

—Fotografiando horrores.

—Sí. Fotografiando horrores.

Se sentaron a leer, cada una bajo una lámpara. A Sylvia le resultó imposible: las palabras eran manchas negras sin ningún sentido en una página blanca brillante.

Sintió el peso del ala en su mano. Sintió cómo sus pies caminaban por el suelo del bosque. Vio la cara de él, sus ojos, las marcas en su piel. Oyó su voz.

—¿Estás bien, cariño? —le preguntó su madre.

—Sí, mamá.

Aunque lo que hubiese deseado decirle era: «Este lugar me está haciendo algo raro por dentro, mamá». Pero ¿cómo explicarle después esas palabras? Quizá el lugar solo estaba sacando las rarezas que ella ya llevaba dentro desde siempre. Quizá estaba sacando las rarezas que todo el mundo lleva dentro.

Estaba inquieta, nerviosa.

Fuera ya había oscurecido.

—Me parece que voy a salir —dijo de repente.

—¿Que vas a salir? ¿Adónde? ¿A ver a Gabriel?

—No. Voy a subir a la colina, a ver las estrellas.

Su madre rio.

—No te pierdas.

—No podría perderme ni aunque quisiera.

Ascendió la colina siguiendo el camino iluminado por las estrellas.

Llamó a Maxine.

—¡Te estoy viendo, Maxine! —exclamó cuando su amiga cogió la llamada.

—¿Ah, sí?

—Sí. Veo las luces de la ciudad en la oscuridad.

—¿Estás borracha o algo?

—¡Oh, Maxine, qué buena es la señal esta noche! Estoy en la colina, en mitad de la noche negra. Aunque en realidad no es nada negra. ¡Las estrellas, Maxine! ¡Las galaxias, caramba! ¡Están bailando! Es como si pudiera estirar un brazo y casi tocarlas. Y ahí estás tú, un débil brillo a lo lejos, al sur. ¡Te estoy saludando con la mano, Maxine! Salúdame tú a mí.

—Te saludo, Sylvia. ¡Eooo! ¿Qué tal hoy?

—¿Hoy?

—¡Con él, tontita!

La señal se desvaneció.

Crac crac. Silencio silencio.

Agitó el móvil, su varita mágica.

Era increíble la cantidad de estrellas, todas apelotonadas a lo largo del cielo sin fin. Tan brillantes, tan claras. Estrellas entre las estrellas, estrellas más allá de las estrellas. ¿Cómo era posible que quedara algo de oscuridad? Se puso de puntillas, extendió un brazo, y sí, casi pudo tocarlas, casi hubiese podido coger un par y quedárselas. Abrió la boca del todo y respiró hondo, sintió que podría tragarse una galaxia y guardarla en su interior.

«Venid a mí, estrellas. Entrad en mí, galaxias. Surcad mi interior, cometas y meteoros y…».

—¿Hola?

—¡Maxine, esto es tan bonito! Ojalá pudieras…

—Vale, pero ¿qué hiciste? Y él…

Crac crac. Silencio silencio. Golpe golpe.

—Quizá sea verdad lo que dice papá de que soy una niña salvaje. Quizá sea de verdad hija del bosque. Quizá sea hija de la noche…

—¿Que quizá qué de qué?

Crac crac. Silencio silencio. Golpe golpe.

—Tiene que haber otros, Maxine.

—¿Otros qué?

—Otros en el universo, esperando nuestra llamada. Otros que nos están llamando. ¿Sabías que estamos escuchando a ver si llaman? A los extraterrestres. Cada día y cada noche examinamos los cielos en busca de una señal de ellos.

—… te estás volviendo majara…

—¡Ja, ja, ja! ¡Puede! Quizá no haya nadie. Quizá haya habido alguien alguna vez pero ya no. Pero bueno, igual sí.

—¡Cuéntamelo, Sylvia!

—Es tan increíble… Aquí la oscuridad no existe. El silencio no existe.

—¿Que no qué?

—Y quizá aquí pueda encontrar la forma de ser yo misma. Y quizá aquí pueda encontrar la forma de cambiar el mundo.

Crac crac. Silencio silencio.

—¡Estás enamorada!

—¿Qué?

—¡Sí! ¡De Gabriel!

—¡Ja, ja, ja! ¡Estoy enamorada de todo, Maxine!

—O como una cabra.

—¡Sí, como una cabra! ¡Sylvia la sonada, en la colina en mitad de la noche! ¡Salúdame con la mano, Maxine!

—¿Qué?

—¡Saluda, saluda! ¿Me ves? ¡Estoy aquí, en mitad de la noche! Estoy mirando hacia Newcastle. Veo cómo el cielo brilla sobre la ciudad. ¡Te veo a ti! ¡Hola, Maxine!

—¡Ja, ja, ja, ja! ¡Hola, Sylvia, sonada!

—¿Estás saludando?

Crac crac. Silencio silencio.

—¿Qué?

—¿Estás saludando?

—¡Sí! ¡Eo! ¡Eooo!

—¡Eooo!

—¡Buenas noches, sonada maravillosa!

—Buenas noches.

Y colgó. Y silencio.

Y esas estrellas y esas galaxias, y esa extraña roca grabada bajo sus pies. Y oh, este aire, y oh, esa lechuza, y oh, esos ruiditos entre la hierba, y oh, el latir de su corazón.

Y oh, ser Sylvia en la colina en mitad de la noche negra, consciente de sus penas y de su dolor, consciente de los animales asesinados y de la tierra herida, y a pesar de todo ello sentir tanta extraña felicidad que casi le duele.

Y oír el repentino grito de la vida que salta del interior de ella.

Aquella cosa muerta estaba llena de vida. En el ala había gusanos que se arrastraban por la piel. Insectos que caminaban por entre las plumas. Había humedad y porquería y un olor asqueroso.

Pusieron a hervir una enorme olla de metal sobre un enorme fuego.

Sylvia cogió el ala y la tiró dentro.

La mantuvo bajo el agua con un palo.

Un minuto, dos minutos, tres minutos, cuatro.

La sacó.

La agitó. Cayeron gusanos muertos y bichos.

Se pusieron a quitarle las plumas, preciosas, con los dedos, a cortar con el cuchillo y a rascar con la rasqueta. Las colocaron ordenadamente sobre la mesa para que se secaran.

Estaban en el jardín de Gabriel, sentados en sillas de madera junto a la mesa de madera, sobre la hierba.

Él tarareó una de las canciones de la noche musical.

Apareció su padre.

Sylvia aún no lo había conocido.

—Esta es Sylvia —dijo Gabriel.

—Sí, ya me lo imaginaba.

Le extendió la mano. Ella iba a cogerla, cuando él rio y volvió a retirarla de repente.

Rio aún más.

—Perdona, pero acabo de ver dónde tenías la mano

—dijo—. Pero me alegro de conocerte, Sylvia. Veo que Gabriel ya te ha metido en uno de sus proyectos. ¿De dónde ha salido este? —Gabriel le contó la historia del pájaro. Su padre soltó un gruñido—. Nunca falta gente a la que le encanta matar. ¿Y qué estáis haciendo ahora con él?

Gabriel se encogió de hombros.

—Solo estamos separando los huesos, papá.

El hombre asintió, como si aquello fuese lo más normal del mundo.

Era grandote. Vaqueros y camisa azul muy vieja. Ojos azules y pelo rubio, como sus hijos. Miró con amabilidad a Sylvia.

—Me alegro de que hayas venido. Yo soy Anthony.

Cogió una de las plumas, una de las largas, de vuelo. Soltó un murmullo de apreciación.

—¿Es posible hacer algo más bello que esto? —se preguntó.

Ella negó con la cabeza.

—No, no es posible.

—Vas a ser muy buena para él. —Posó una mano en el hombro de su hijo—. Pero no dejes que te haga vagar por lugares por los que tú no quieras.

Se fue. Los dos siguieron con su trabajo. Las grandes plumas de vuelo. Las otras, más pequeñas y frágiles. Y las interiores, aún más pequeñas, muy suaves y delicadas.

Acabaron de quitarlas todas. Quedó el ala, desplumada, la carne más cercana al hueso medio descompuesta, medio cocida. Algunos gusanos habían conseguido sobrevivir.

Sylvia cogió la rasqueta con la mano derecha, sostuvo el ala en vertical con la izquierda y empezó a pelar la piel.

Tenía todos sus sentidos en alerta. Estaba concentrada en su labor.

Gabriel siguió tarareando la canción.

Ella oyó en la melodía el grito del gavilán.

La carne se separaba con facilidad.

Llegó al hueso.

Aún quedaban pequeños restos de carne.

Volvió a meter el ala en el agua hirviendo.

Apretó con el palo para que no ascendiera a la superficie.

Un minuto, dos minutos, tres minutos, cuatro.

Los últimos fragmentos de carne se separaron y flotaron en el agua, sobre el fuego.

Sacó el ala de nuevo. Volvió a rascar. Ahora el ala era un grupo de huesos ardientes, pálidos, blanqueados.

La colocaron en la mesa, junto a las plumas, para que se secara.

—El ala es un brazo —dijo Gabriel—. Como los nuestros. Tiene un antebrazo, como nosotros, y un hueso llamado húmero, igual que el nuestro. El resto del brazo…

Sylvia tragó saliva, sorprendida. ¡Biología de segundo con el señor Atkinson! La tocó para señalar.

—Ese es el radio —dijo—. Ese es el cúbito. —Se apretó su propio brazo para sentir la piel, la carne, lo de debajo—. Los gavilanes tienen los mismos huesos que nosotros.

—Pero los suyos son huecos —replicó Gabriel—, de forma que el pájaro sea lo bastante ligero como para volar.

—Sí.

Sylvia volvió a tocar los huesos.

Se los imaginó cobrando vida, haciendo que el cuerpo se levantase de entre los muertos.

Extendió los brazos y rio imaginándose que tenían plumas.

Sylvia el ave.

Sylvia el gavilán.

—Todos los huesos están huecos. Cada uno es un instrumento musical.

—El pájaro entero es un instrumento musical —dijo Gabriel.

—¡Qué bonito! —exclamaron los dos a la vez.

Se rieron, mirándose a los ojos.

Ella respiró. Contempló la escena. ¿Qué hueso sería el más adecuado?

—El cúbito —afirmó por fin—. Ese.

Era más largo que el húmero; tanto como el radio, pero más ancho.

Cogió el cuchillo. Intentó cortarlo, cerca de la unión en el codo. Le resultó difícil cortar hueso con piedra. Sus movimientos eran torpes. El cuchillo resbalaba. Podía acabar rompiéndolo más que cortarlo limpiamente.

Se detuvo. No quería estropearlo. No quería que aquello le saliera mal. No quería que el gavilán hubiese donado su ala en vano.

—Voy a buscar otra cosa —dijo Gabriel.

Se metió en la cabaña y volvió a salir con una pequeña

sierra. Estaba casi nueva. Estrecha, con pequeños dientes de acero muy afilados.

Ella la cogió.

Serró lentamente, con cuidado.

Iba a poder cortar fácilmente, pero enseguida se dio cuenta de que aquello no estaba bien.

La dejó y volvió a coger el cuchillo antiguo.

—Tenemos que hacerlo bien —susurró—. Como corresponde.

Cerró los ojos. Respiró hondo. Sintió el cuchillo, en perfecto equilibrio en su mano. Intentó sentir lo mismo que una chica de hacía seis mil años al fabricarse una flauta de hueso.

Volvió a cortar el cúbito, cerca de la articulación.

Movió la mano arriba y abajo, movió el cuchillo de piedra adelante y atrás por la superficie del hueso.

No apretó demasiado, mantuvo la calma, respiró lentamente, dejó que el filo de piedra cortara a su propio ritmo.

Sí. Funcionó. La piedra fue cortando poco a poco el hueso.

Meditó de nuevo, tomó aire, se relajó y empezó a cortar otra vez, ahora aún más cerca del codo.

Sí. Funcionó.

Separó el cúbito del resto de los huesos.

Era más largo que su mano, más ancho que su pulgar. Trazaba una elegante curva.

Tan fuerte y tan frágil.

Lo elevó al cielo, miró a través de él, vio la luz que atravesaba el vacío.

Suspiró.

¿Qué era esa sensación repentina, o esa repentina falta de sensaciones? Parecía haber dejado de ser Sylvia, haber dejado de ser nada. Sacudió la cabeza, se llamó a sí misma.

Hundió de nuevo el hueso en el agua para hacer hervir toda posible infección.

Lo sacó.

Lo dejó en la mesa para que se secara y se enfriara.

—Estamos locos —murmuró.

—Sí —asintió Gabriel.

Sylvia se llevó el hueso a los labios y sopló. Por supuesto, no salió ninguna nota.

Examinaron la flauta de Gabriel; vieron que la boquilla había sido alisada y redondeada. Recordó la flauta dulce de su infancia.

Gabriel trajo una lima metálica.

Ella negó con la cabeza.

Encontró una piedra lisa en el suelo. La usó como lima, lijando y suavizando lentamente un extremo del hueso, formando la curva.

Volvió a soplar. Ahora el aire pasó más fácilmente, pero siguió sin producir ninguna nota.

—Necesita un agujero para el dedo —dijo.

Sostuvo el cuchillo en su palma, pensó, respiró, apretó la punta contra el hueso, le dio vueltas con mucho mucho cuidado, preocupada de nuevo por no romperlo todo. Pero sus manos y sus dedos y su cerebro estaban trabajando en perfecta sintonía, como si de alguna forma supieran exactamente qué tenían que hacer.

La piedra mordió el hueso.

Sylvia apretó.

Entró más.

Se hizo un agujero. Lo agrandó con la punta, suavizó los bordes con la rasqueta y después con la piedra.

Tiró de nuevo el hueso al agua hirviendo.

Volvió a desaparecer de su propio cuerpo mientras mantenía sumergido el hueso con el palo.

Lo sacó otra vez.

Dejó que se enfriara.

Se lo llevó a los labios y sopló una vez más.

Nada. Solo el ruido de su propia respiración.

Lo miró de cerca, recordó la flauta dulce, miró el hueso hueco de Gabriel. Pensó en silbatos metálicos, clarinetes, oboes.

—La boquilla tiene que ser más estrecha —susurró—. Para que el aliento se acumule y después salga.

—Como cuando silbas —dijo él. Hinchó las mejillas y lo hizo.

Los dos sonrieron.

Un pájaro cantaba en un árbol cercano; las notas emanaban de su garganta, de su pico.

Pensaron.

Había unas ramitas muertas bajo el árbol.

Sylvia cogió una y la examinó.

No servía.

Otra. Otra.

Le sacó la resina a una.

Cortó un trocito pequeño, de más o menos un centímetro, con el cuchillo.

Empezó a darle forma con la rasqueta y la piedra, de manera que pudiera entrar en la abertura del hueso. Probó a hacerlo, volvió a cortar, volvió a alisar. Le dio una forma tal que, al empujarla por el orificio del hueso, este quedase más estrecho que el resto.

La apretó, pero no paraba de salirse.

—Necesita pegamento —dijo Gabriel.

—Pegamento no; algo más antiguo.

Pensaron.

—Huevo —murmuró él.

Entró en la casa, salió con un huevo en un bol. Lo cascó y lo echó en el recipiente. Como si Sylvia supiese bien lo que hacía, mojó un dedo en la clara. Echó un poco en la varilla de madera. Volvió a meterla en la abertura, la forzó a mantenerse allí.

No se movió.

Esperaron a que se secara.

—Esto no te lo enseñan en el cole, ¿eh? —dijo él.

—Ojalá —masculló Sylvia.

Sostuvo con cuidado el hueso entre sus dedos.

Después se lo llevó a los labios y sopló.

Demasiado fuerte.

Sopló más flojo.

Fue más un chirrido que algo musical, pero sí, en él se produjo el frágil inicio de una nota.

Procuró controlar un poco la respiración.

Produjo una nota, el frágil inicio de la música.

Sopló muy suavemente. La nota fue apenas audible.

Abrió y cerró el agujero mientras soplaba. La nota se alteró, cambió.

Usó de nuevo el cuchillo para hacer otro agujero.

Le suavizó los bordes con la rasqueta y la piedra.

Sopló una vez más. Tapó y destapó los agujeros con los dedos.

Las notas cambiaron.

Rio.

Se sintió más segura.

Sí, estaba empezando a entender cómo iba aquello.

Sostuvo en sus manos una frágil flauta

creada a partir de un hueso del ala de un gavilán

una flauta que era como la primera de todas las flautas.

Sopló por un hueso hueco.

Una frágil música salió del interior de ella.

Avanzó por su cuerpo

y por el hueso del pájaro

y se hizo más fuerte

y creció dentro hasta salir

al aire vacío que los rodeaba, a ella y a Gabriel.

Se esparció por el aire del jardín

y por el aire de Northumberland

y por los altos y amplios cielos de Northumberland.

Sylvia movió un pie como si bailara.

Sylvia era Sylvia y no era Sylvia.

Era la música.

Era el hueso hueco.

Bailó con Gabriel.

Bailaron con la primera música del jardín de Gabriel mientras un pájaro trinaba por encima de ellos, en el árbol.

Aquella noche llegó la chica.

No hizo ningún ruido.

Pero dejaba un rastro, un olor.

Olor a tierra salada, a humo de madera ardiente, a sudor.

Quizá fue eso lo que despertó a Sylvia.

Abrió los ojos, se dio la vuelta en la cama.

La chica estaba frente a la ventana. Detrás, las estrellas.

Tenía el pelo largo, rubio. Llevaba una especie de vestido liso, de lana o de piel. Era igual de alta que Sylvia. Al volverse reveló la palidez de su rostro. Ojos oscuros, boca oscura. Un collar colgando. Una especie de brazalete en cada muñeca.

Posó un momento la vista en Sylvia.

No había miedo en ninguna de ellas.

Ninguna de las dos se echó atrás.

La chica extendió un brazo hacia la mesilla de noche de Sylvia. Cogió la rasqueta y la mantuvo en su palma. Cabía perfectamente entre sus dedos. Se la puso ante los ojos. La movió, como si rascara algo que solo ella podía ver. Cogió el cuchillo y cortó algo que solo ella podía ver. Estaba tranquila. Volvió a dejar la rasqueta y el cuchillo en la mesa.

Cogió el hueso hueco, se lo puso ante los ojos, le dio vueltas cuidadosamente entre los dedos, lo posó en su palma.

Relajó los hombros, como si suspirara.

Mientras se lo llevaba a los labios miró a Sylvia.

Tocó la flauta de hueso.

No se oyó ninguna música.

No se oían sonidos de la noche.

La propia Sylvia no hizo ningún sonido.

Era como si el silencio hubiese absorbido todos los ruidos.

Como si el silencio fuese todos los ruidos.

La chica tocó un rato y después se apartó el instrumento de los labios. Volvió a dejarlo con las dos manos en la mesilla de Sylvia.

Al tocar la mesa, la flauta hizo un mínimo ruidito.

Las dos se miraron.

La chica se acuclilló y acercó una mano al suelo.

Se oyeron unas débiles rascadas mientras pasaba el dedo índice por la superficie.

Se incorporó de nuevo.

En su última mirada había el inicio de una sonrisa.

Entonces desapareció.

Solo quedaron la ventana, la noche, las estrellas.

Sylvia durmió.

A la mañana siguiente, poco después del amanecer, se acuclilló donde lo había hecho la chica.

Había restos de marcas trazadas con un dedo.

Sylvia las resiguió con su propio índice.

Oyó la música en las formas.

Oyó en su mente las curvas y las espirales.

Al día siguiente, Sylvia se puso las botas de excursionismo y el impermeable y fue sola hasta lo alto de la colina.

No se llevó el móvil.

Se colocó sobre la roca de los dibujos y tocó la flauta de hueso.

Aprendió a tocarla a base de tocarla.

Cerca cantaban unos pinzones. Había aves de presa volando en círculos en lo alto.

En otra colina, una familia de ciervos avanzaba por entre los helechos. Se detuvieron un momento a mirar a Sylvia, a escucharla, y después siguieron el camino a casa, tranquilos y relajados.

Un zorro se movía por el camino que llevaba aún más arriba. También paró a mirarla y escuchar. El rojo de su pelaje, el brillo en sus ojos. La observó tocar un instante y después siguió su camino.

Sylvia sintió el dolor familiar de la pérdida, el miedo y la incerteza, pero siguió tocando, y el dolor de la pérdida, el miedo y la incerteza fluyeron al aire con la música.

La brisa tocó con ella.

La humedad del aire perló sus mejillas.

Un jet silencioso en la lejanía.

Lo contempló con calma y siguió tocando.

Sus pies y su cuerpo formaban parte de la roca.

Su aliento y su mente formaban parte del aire.

Su música hacía que la roca y el aire fueran una misma cosa.

Se contoneó con la música.

Se salió de dentro de sí misma con la música.

Se salió de sí misma y se miró a sí misma y sintió que podría irse y seguir caminando y aún quedaría una Sylvia Carr sobre la roca, tocando y tocando.

Sintió que podría convertirse en una alondra y saltar de la tierra al aire y mirar abajo y aún habría una Sylvia Carr sobre la roca, tocando y tocando.

Los pájaros cantaban y la llamaban.

El aire y la tierra cantaban y la llamaban.

Oh, la belleza de perderse en la tierra y el aire y la música. Oh, la…

—¡Sylvia! ¡Sylvia Carr!

Parpadeó.

Volvió a sí misma.

—¡Sylviaaa!

Era la voz de Colin, desde lejos.

Por ahí venía, una figura minúscula en el camino, más abajo, corriendo, llamándola.

Su nombre dio vueltas en espiral alrededor de ella.

Bajó la flauta de hueso y esperó.

Como despertar y salir de un sueño.

No, un sueño no. Algo más fuerte, más profundo, mucho más extraño.

«¿Dónde estabas? —se susurró a sí misma—. ¿Qué diablos te pasa?».

El niño se acercaba.

Sylvia sintió la vibración de la voz de él en el aire, de sus pisadas en la tierra.

Él se detuvo un momento antes de alcanzarla.

—¡No sabía dónde estabas! —dijo.

¿De qué estaba hablando?

—¡Te ha estado llamando! —dijo.

Se dio cuenta de que no podía hablar.

—¡Tu madre! —añadió él.

Aquellas palabras no parecían tener ningún significado.

—¡Quiere que vayas! —dijo.

Ella se bajó de la roca.

Se guardó la flauta en el bolsillo del impermeable.

—¡Vamos! —dijo él.

Se dio la vuelta, como para guiar el camino.

—¿Por qué? —consiguió pronunciar Sylvia.

—Ha pasado algo. Necesita que vayas. —La miró de arriba abajo—. ¿Estás bien, Sylvia?

Ella parpadeó, asintió.

—Sí —gruñó.

—Bien.

Lo siguió.

Y la tierra y el universo se movieron en espiral a su alrededor mientras Colin marcaba el camino.

Su madre estaba junto al coche.

Estaba metiendo una maleta en el coche.

—¿Dónde estabas? —le espetó a su hija.

Sylvia extendió un brazo hacia el vacío.

—Por ahí. Ahí arriba.

—¿Arriba de dónde? Te he estado llamando y llamando. ¿No me oías?

Sylvia se quedó inmóvil.

—¡Sylvia!

—¿Sylvia, qué?

—Ha pasado algo. Tengo que volver.

Sylvia entornó los ojos, intentando concentrarse en lo que sucedía.

—¿Qué ha pasado? —preguntó—. ¿Es por papá?

—Es uno de los niños.

—¿Los niños? Estás de vacaciones, mamá.

—Se ha escapado de casa.

—¿Quién? Todos los niños quieren escaparse de casa.

—Malcolm. Solo tiene doce años. Me está llamando.

—¿Qué?

—Ella dice que solo quiere hablar conmigo.

—¿Quién lo dice?

—Su madre.

—¿Su madre te ha llamado mientras estás de vacaciones?

—Dijo que quería acabar con su vida, Sylvia.

—Entonces es cosa de un médico.

—Ya ha visto a un médico. Quiere verme a mí.

—Oh, mamá…

—¿Quieres venir?

—¿Qué? ¿Yo? ¿Por qué?

—Para no quedarte aquí sola.

—¿Cuánto vas a tardar?

—No lo sé. Un día o así. Él no tiene a nadie, Sylvia.

—¿Y su madre?

—Tendrías que verla, cariño. —Sylvia soltó un bufido. Su madre, la mártir—. Estarás bien, ¿verdad?

—Son solo setenta kilómetros —replicó la chica—. No es como si estuviera en el espacio ext…

—Y está la familia de Gabriel. Se lo he contado a Anthony. También está Andreas.

—Sí, mamá. Todo va a ir bien. Ve a ver a tu chico problemático. Tenemos que salvar a los chicos problemáticos, ¿no?

—Sí, tenemos que hacerlo. ¿Tú no vas a tener miedo?

—¡Mamá…!

—Vale, cariño. Ya lo sé: soy tonta, soy blandengue.

—Eres encantadora, mamá.

—¿Tú crees?

Sylvia se inclinó hacia delante y le besó la mejilla.

—Sí, sí que lo eres. Conduce con cuidado.

—Lo haré. ¿Y tú, vas a estar bien?

—Sí, mamá.

—¿No vas a tener miedo?

—Mamá…

Su madre se metió en el coche, cerró la puerta, salió del pueblo. Con Colin a su lado, Sylvia contempló cómo el coche seguía el serpenteante camino que salía del pueblo. Siguió mirando hasta que su madre y el coche desaparecieron de su vista.

—¿Tú conoces a ese Malcolm? —preguntó Colin.

—No.

—Nosotros te cuidaremos —le aseguró él.

—No necesito que me cuiden.

Resiguió con un dedo la forma de la flauta en su bolsillo. El silencio la rodeaba.

Sintió un escalofrío.

Como un calambrazo de miedo.

Fue hasta los columpios con Gabriel.

Las cadenas se agitaban y crujían mientras ellos iban adelante y atrás, adelante y atrás.

Ninguno de los dos dijo nada.

Gabriel canturreó una melodía tradicional al ritmo de las cadenas.

—Mi madre me ha contado lo de la tuya —habló Sylvia.

—¿Ah, sí?

—Lo siento mucho.

—A veces me parece que apenas la recuerdo. Y de repente sí. Hablamos de ella. Así sigue con nosotros.

—Eso es bueno.

—La gente nunca sabe qué decir. Quizá es que no haya nada que decir. Se murió. Fue hace mucho.

No, no había nada que decir.

Siguieron columpiándose adelante y atrás, adelante y atrás.

—Maldita muerte —dijo él—. ¡Abajo con la muerte! —exclamó.

—¡Sí, abajo con la maldita muerte!

Una manada de estorninos chilló y se dispersó.

Los dos siguieron meciéndose, sonrieron, las cadenas crujieron, sus mentes pasaron a otro tema.

—Vi a una chica —dijo Sylvia.

—¿Una chica?

Ella se limitó a reír. No era capaz de decir nada más. No podía contarle más. Miró hacia la lejanía, más allá de las colinas, al cielo.

—Sí —dijo—. Había una chica. Eso es todo.

—Suena al principio de una historia. O de una canción.

Se echó a cantar.

—*Había una chica, eso es todo.*
Se llamaba Sylvia Carr.
Vino desde la lejana Northumberland
y conoció a un chico muy raro.

Se dio más impulso y se columpió más alto y las cadenas crujieron, crujieron.

Y encontró un pájaro
y le cogió un ala
y le quitó un hueso
y se subió a un columpio…

Soltó una risita.

—Se llama *La balada de Sylvia Carr.*

Volvió a cantar.

—Hay mucho de lo que cantar —añadió.

—Pues sigue —replicó ella.

—*Y era pequeña como un ave*
y fuerte como un oso —entonó él—.
Y era algo como algo y algo como otro algo...

La melodía se convirtió en una risa.

—Quizá toda tu vida sea una balada. Quizá todas las vidas sean baladas. Y si sacamos una buena letra y sacamos una buena melodía, la gente seguirá cantándola para siempre.

Cantó de nuevo.

—*La, la, la, pequeña Sylvia Carr,*
la, la, la, la, la, gran Sylvia Carr.

Y salió del pueblo en espiral entre las risas de ambos, atravesó las colinas hacia el cielo sin fin.

Adelante y atrás, siguieron, arriba y abajo.

Clanc clanc, crec crec.

—*¡Arriba la vida!* —cantó Gabriel—.

¡Y abajo, abajo, abajo con la maldita muerte!

Aquella noche cenó en casa de Gabriel.

Anthony preparó un guiso en una gran olla negra. Era abundante, rojizo y lleno de ajo y tomate y cebolla y remolacha y guisantes. Le echó chile mientras burbujeaba en la encimera. Asó unas patatas enormes en el horno. La casa estaba repleta de aromas deliciosos.

Colin puso la mesa, moviendo los pies como si bailara alguna música muy animada que solo él oía.

El fuego ardía en la chimenea.

Sylvia se sentó en el sofá, frente al hogar, con Gabriel, que tenía un cuaderno y un bolígrafo. Escribía, tachaba, se quedaba mirando al infinito, cerraba los ojos, suspiraba, chascaba la lengua, agitaba la cabeza, volvía a escribir, se reía, suspiraba, volvía a escribir, volvía a tachar, volvía a escribir.

—Ojalá fuese un maldito pájaro —dijo.

—¿Un pájaro?

—Sí. No se tienen que escribir las canciones. Solo abren el pico y les sale todo. —Frunció los labios. Silbó—. Así de fácil. —Rio de nuevo—. Esto también suena a título de canción: *Ojalá fuese un maldito pájaro.*

Del fuego saltaban chispas. Sylvia las apagó con las suelas de sus botas.

Su madre llamó por el fijo.

Había ido a ver a Malcolm. Ya estaba mucho más tranquilo. En realidad no había tenido intención de suicidarse, claro. Según ella, solo había sido una llamada de auxilio. Iba a quedarse un poco más para ayudarle a superarlo.

—También he sabido de tu padre —añadió.

—¿De papá? ¿Dónde está?

—En Roma. Increíble, ¿eh? Haciendo fotos de estorninos y comiendo pasta y con ganas de volver a Siria.

—¿A Siria?

—Está loco.

—Oh, mamá…

—Está tan mal como Malcolm y los demás. ¿Cómo te va a ti?

—Perfecto. Anthony está cocinando un guiso.

—Muy amable por su parte. ¿Puedes pasármelo?

—¿A Anthony?

—Sí. Solo quiero decirle una cosa. Será un segundo.

Sylvia lo avisó y le pasó el teléfono.

Él sonrió mientras hablaba.

—Sí —murmuró—. Sí, está bien. No pasa nada, Estella; tú harías lo mismo por nosotros.

Soltó una risita y se despidió y le devolvió el aparato a Sylvia.

La voz de su madre ahora era más baja, más tranquila.

—Mejor que esta noche te quedes en casa de Anthony —le dijo.

—Quizá —respondió la chica, aunque en realidad pensó que no, que iba a estar bien en su casa, sola—. Tómatelo con calma. No te preocupes por papá.

—Vale. No me preocuparé.

—Te quiero, mamá.

—Yo también te quiero. Que duermas bien, mi pequeña.

—Sí. Y tú.

De vuelta en el sofá, Gabriel seguía escribiendo.

Paró un momento y tarareó una estrofa en voz baja.

Ella intentó escucharla y entenderla. No pudo.

Él le sonrió.

—Ya me saldrá —murmuró. Se levantó, se fue y al momento regresó. Tenía una foto en la mano—. Es ella.

Una mujer de cabellos negros con vaqueros y camisa de cuadros, riendo y protegiéndose los ojos del sol.

—Parece encantadora —dijo Sylvia.

—Lo era. Lo es. Se llamaba Rebecca.

—Te pareces a ella.

—Sí. —Gabriel suspiró—. Bueno, ya está.

Se llevó la foto de nuevo.

El sofá era cómodo, el fuego daba un calor agradable. Gabriel volvió y se sentó, esta vez más cerca de Sylvia. Sus caderas y sus hombros se tocaban. Respiraban tranquilos.

Él tarareó una canción. La mente de ella se fue alejando más y más. El recuerdo de aquella chica, la chica, estaba presente en todo momento.

—¡A zampar! —dijo Anthony.

Se sentaron a la mesa.

Sylvia se sorprendió a sí misma: comió con hambre, devoró dos platos del guiso rojo. Se comió dos patatas gigantescas, como si se estuviese preparando para un viaje o para hacer un gran esfuerzo. Se tomó una copita de vino blanco. Entre los cuatro se zamparon de una tarta de limón deliciosa.

Anthony le preguntó si iba a quedarse con ellos esa noche. Ella negó con la cabeza.

—Gracias —dijo—, pero estaré bien sola.

—Si estás segura…

—Estoy al otro lado de la calle —replicó Sylvia.

—No hay lugar más seguro.

Se puso el impermeable y les dio las buenas noches.

Gabriel salió con ella y caminó con ella.

Contemplaron juntos la luna en cuarto creciente.

Dijeron que era preciosa.

—*Había una chica* —cantó Gabriel en voz baja— *que se llamaba Sylvia Carr, y conoció a un tío de lo más raro que le dijo que era preciosa.*

—¿Eso dijo?

Él sonrió, y la luna brilló en sus ojos.

—Pues sí. Dijo que era preciosa.

Sylvia suspiró. Tuvo que apartar la vista de su cara.

«Ahora no», se repitió para sus adentros.

Fueron hasta la puerta.

—Ha sido un día increíble —le dijo.

—Sí que lo ha sido.

—Buenas noches, Gabriel —le dijo.

Él suspiró con un cierto tono de decepción.

—Buenas noches, Sylvia. Estamos al otro lado de la calle.

—Buenas noches.

El chico se alejó, sus pálidos cabellos brillando a la luz de la luna.

Entró sola en la pequeña casita oscura.

Subió a su habitación. No se desvistió.

Encendió una luz. Las cortinas estaban abiertas. La ventana era dos rectángulos negros en los que se reflejaban ella y los muebles.

Apagó la luz y los reflejos desaparecieron.

Se rodeó los ojos con las manos contra el cristal y miró.

Ahí estaba la luna, ahí estaban las estrellas sin fin.

Ahí estaba Newcastle con su lejano brillo, al sur.

Se imaginó a su madre en el centro del brillo.

¿Hacia dónde estaba Roma? ¿A cuánto estaría de allí?

¿Cuánto tendría que ir hacia el sur

para ver el brillo de Roma en el horizonte?

¿Seguiría él allí, en el corazón del brillo?

Se sentó al borde de la cama

en el corazón de la oscuridad del norte,

en el corazón del silencio del norte.

Se dio cuenta de que deseaba que apareciera la chica.

Sabía que era por eso por lo que había vuelto sola a casa.

Cerró los ojos.

—Ven —susurró.

Volvió a abrir los ojos.

Nada.

Tocó la flauta de hueso bajito, bajito.

De repente le llegó de fuera el ruido de alguien que reía y el ulular de una lechuza.

—Ven ya, por favor.

Nada. Solo la risa de nuevo y después silencio.

Tocó la flauta de hueso. La música se movió por la habitación y volvió a sus oídos.

Su propia música la buscaba, la llamaba.

Susurró de nuevo las palabras, una vez, dos, tres, cuatro.

Las palabras salían de su boca y se movían por la habitación.

Y volvían con ella a medida que las pronunciaba.

Ven, ven, ven, ven.

Sus propias palabras volvían y le susurraban al oído.

Sus propias palabras la buscaban, la llamaban.

Ven. Ven.

Ven, Sylvia.

Cerró con llave la puerta de casa, cerró con llave la verja del jardín.

Llevaba las botas de excursionismo, el impermeable.

Llevaba la rasqueta, el cuchillo, la flauta de hueso.

No había luces en ninguna de las casas.

Silencio en la calle. Solo el ruido de sus botas contra el suelo.

Se detuvo cerca de la casa de Gabriel.

Oyó su canción.

Había una chica, eso es todo…

Por un momento se lo imaginó abrazándola, sus labios contra los de ella. Había estado antes con chicos, pero ningún chico como aquel chico. Apartó aquellos pensamientos de su mente. Se repitió una vez más que no era el momento para eso. Ahora no, quizá después.

Frunció un poco el ceño. ¿Qué había querido decir con «después»?

Siguió andando. Pasó por el club y la cabina de teléfono abandonada y el Cristo colgante. Llegó hasta donde los tótems. Los grabados parecían más profundos por las sombras de la luna.

El mundo era plateado, ensombrecido.

Se estremeció al cruzar el riachuelo. El agua avanzaba a toda velocidad bajo sus pies, se volvía espuma al tocar las orillas sobre su lecho de piedra. Se detuvo de nuevo. No había planeado ir allí. Solo había salido de casa y echado a andar. ¿Era posible que en realidad algo la guiara, algo la estuviera llamando?

Ven ya, Sylvia.

Llegó a la linde del bosque e hizo otra pausa. Ante ella estaba el camino recto, que avanzaba por entre los árboles hacia la oscuridad. Por entre las copas descendían columnas de luz lunar. En el suelo se formaban dibujos de luz lunar.

—Tonta, Sylvia —susurró: pensaba de nuevo en Blancanieves, Hansel y Gretel, Ricitos de Oro. Pensó en lobos y en osos. Se recordó a sí misma de niña, llorando de miedo en el bosque de Chopwell cuando fueron a comprar el árbol de Navidad de ese año.

Tonta, Sylvia.

Se dijo a sí misma que no había ningún peligro. No estaba en Mongolia. Era el dulce norte, apenas a un par de horas en coche de su casa. Era Northumberland.

Y ella era Sylvia Carr, quince años, una chica normal, una chica moderna, valiente y tímida e independiente.

Se llevó el hueso hueco a la boca y tocó suavemente.

Una lechuza se acercaba volando desde detrás, grande y pálida, batiendo sus silenciosas alas mientras le pasaba por encima de la cabeza, hacia el bosque. Siguió el camino recto, pasando de la sombra a la luz, de la sombra a la luz. La contempló hasta verla desaparecer a lo lejos.

El bosque era espeso e inmóvil y bello.

La esperaba para darle la bienvenida.

«Sé valiente, Sylvia», se dijo a sí misma.

Tocó el hueso hueco bajito bajito.

Respiró hondo y entró.

Y de repente la asaltó un recuerdo mientras las sombras del bosque la envolvían al caminar.

Era niña, en su casa en Newcastle. Estaban los tres: Sylvia, su madre, su padre. Ella se había acomodado entre los dos en el sofá. Tenía un peluche, una tigresa que se llamaba Belinda, en el regazo. Le estaban explicando, como hacen los padres, de dónde venía. Su madre rio.

—Me miraron por dentro, Sylvia.

—¿Eso fue cuando yo vivía dentro de ti, mamá?

—Sí, cuando vivías dentro de mí. —Se acarició el vientre—. Aquí.

Los tres posaron una mano en él. Sylvia soltó una risita.

—¡Debía de estar muy muy oscuro ahí dentro!

Su padre rio.

—Sí, desde luego. Pero una enfermera muy simpática le puso una especie de luz y te buscamos todos por ahí.

—¿Y me visteis?

—Nos dijeron que si te encontrábamos te veríamos muy pequeña.

—¿Pequeña como Belinda?

—No, mucho más pequeña que Belinda. Pequeña como… una uña.

—O aún más pequeña —añadió su madre—. Pequeña como un bichito pequeño.

Sylvia soltó otra risita. ¡Un bicho! Sylvia el bichito.

—Nos dijeron —siguió su padre— que cuando te viéramos estarías parpadeando.

—¿Parpadeando?

—Sí, parpadeando —contestó su madre—. Como una estrella brillante en el cielo pero muy muy lejana.

—O como una pequeña nave espacial muy lejana —dijo su padre— camino de la Tierra.

—Y eso sería tu corazón, muy muy pequeñito —siguió su madre.

Sylvia abrió mucho los ojos.

—¿Y me visteis?

—Sí, desde luego que te vimos. Miramos con mucha atención. Y estabas ahí dentro, viva. Nuestra niñita querida y su corazón latiente, nuestro pequeño bichito que estaba creciendo hasta convertirse en una bebita preciosa.

Los tres se quedaron en silencio, pensando en la enormidad de aquella idea.

Se apiñaron más unos contra otros. Sylvia abrazó fuerte a Belinda.

—¿Y ahí dentro no daba miedo? —preguntó.

—Nada de eso, cariño —le respondió su madre—. Dentro de mí era el lugar más seguro del mundo. Te encontramos en la oscuridad y supimos que nacerías.

—Y mírate ahora —añadió su padre—. Una niñita preciosa que cada vez es más y más grande y más y más fuerte.

Rieron todos a la vez.

—¡Y más grande que me haré! —dijo Sylvia—. Me haré grande como… un caballo, grande como… una casa.

—¿Grande como una casa? —repitió su padre.

—Sí. ¡Y así mamá y papá y Belinda podréis vivir dentro de mí!

—¡Una idea excelente! —exclamó su madre.

—¡Y ese sí que será el lugar más seguro del mundo!

Sylvia suspiró mientras caminaba y mientras aquellos recuerdos de su infancia se movían por su interior. Y las sombras se precipitaron sobre ella. Y unos murciélagos aletearon por entre los rayos de la luna. Y en algún lugar ululó una lechuza. Y en el suelo había cosas que se movían. Y un ladrido y un aullido distantes. Y el ruido amortiguado y monótono de un avión a lo lejos. Y sus pies avanzando sobre la tierra. Y su respiración, adentro, afuera, adentro, afuera. Y los recuerdos de tener los cuerpos y el aliento de sus padres tan cerca, de sus voces susurrantes y tranquilizadoras y alabadoras, voces que le decían lo maravillosa que era ella y lo maravillosa que sería siempre. Sylvia Carr, creciendo y volviéndose una niña mayor, una jovencita, sus huesos y sus músculos haciéndose más fuertes, su mente expandiéndose, cambiando, aprendiendo. Sylvia Carr, abriéndose paso libremente por la ciudad, caminando libremente por la maravillosa tierra. Sylvia Carr, con la canción de la vida en su interior, con la música de toda la creación dentro.

Alzó el hueso hueco y sopló con suavidad.

El sonido era como una respiración, como un pájaro.

El sonido era muy antiguo, muy nuevo.

Sopló suavemente. Oyó movimientos entre las hojas, a medida que los animales se acercaban a ella.

Volvió a bajar la flauta y emprendió nuevamente el camino.

Oyó la voz de Gabriel, como si le estuviese cantando mientras ella avanzaba por el bosque, como si las notas de la canción fuesen sus pisadas, como si la melodía fuese su viaje. Siguió andando al ritmo de la canción de él.

Había una chica que se llamaba Sylvia Carr.

Entonces sintió una mano en la suya.

Le envolvió los dedos, la sostuvo suavemente, tiró de ella suavemente.

Ven ya, Sylvia Carr.

Sylvia Carr, ven ya.

Se adentró más en el bosque.

¿Quién iba con ella? Quizá la chica. Quizá alguien más. No veía nada.

Se estremeció, pero no sentía miedo.

La mano la asía con firmeza, la guiaba.

Se salieron del camino y avanzaron por los espacios entre los árboles de gruesos troncos.

El terreno era rugoso. Se rozaba con los troncos. Se encogía para evitar las ramas. Iba por entre la sombra y la luz de la luna. En un momento, la mano que la conducía la agarró más fuerte. La hizo detenerse. Se quedaron inmóviles del todo. Había algo más que se movía, no muy lejos. Sylvia oyó sus pisadas en la tierra. Vio una gran forma cambiante. Oyó el aliento de una respiración. Se alejó. La mano se relajó. Siguieron adelante. A Sylvia se le pasó por la cabeza darse la vuelta, correr al pueblo. Rechazó la idea. Tenía que seguir. Era Sylvia Carr. Aquella era su historia, aquella era su canción. «Sé valiente», se dijo. Estaba haciendo lo correcto avanzando por el bosque, avanzando por entre la noche. Algo la estaba esperando, no muy lejos. Algo la estaba esperando ahora que había pasado un poco de tiempo, ahora que habían pasado cinco mil años.

Siguieron avanzando, paso a paso, momento a momento.

El terreno se volvió más liso. El suelo cavado al plantar el bosque se hizo más suave, más blando. Las separaciones entre los troncos de los árboles se hicieron más amplias. El cielo se abrió y apareció la luz brillante de la luna. Ahora estaban ascendiendo. Iban más rápido. La mano que envolvía la suya era cálida y fuerte.

Llegaron a lo alto de una colina. A la luz de la luna Sylvia vio la roca oscura con las marcas, las marcas que se había imaginado en su propia piel, que había sentido en el interior de su propia mente. La roca brillaba ligeramente. Los árboles que la rodeaban habían cambiado. Las coníferas apiñadas habían desaparecido. Los árboles estaban en grupos de diferentes formas. Cerca, uno muy grande extendía sus enormes ramas al cielo.

Y ahora la chica. Ahí estaba, cobrando forma al lado de Sylvia. Suya era la mano en la mano de Sylvia, aunque ahora la retiró y se quedó inmóvil. ¿Era real? La iluminaba la luz de la luna, como al mundo entero. Estaba entre sombras, como el mundo entero. De nuevo acudió a su mente la idea de darse la vuelta, de echar a correr, de rechazar lo que estaba sucediendo. Y, de nuevo, no hizo caso.

«Estate quieta —se dijo en su interior—. Sé valiente».

Respiró. Abrió más los pulmones y abrió más los ojos.

No se resistió.

Se abrió a lo que le estaba pasando.

Se volvió hacia la chica, que a su vez se iba haciendo más real a medida que ella la miraba, a medida que la bañaba la luz de la luna. La chica se dejó observar. Se abrió a lo que le estaba pasando. Era alta como Sylvia. Tenía su misma edad. Su rostro, sus ojos brillaban ligeramente. Llevaba un vestido claro. Llevaba un collar de lo que parecían conchas, pulseras de lo que parecían conchas. Iba descalza.

Sylvia miró directamente a la chica, que a su vez la miraba a ella.

Estaba tan relajada y firme como la propia Sylvia.

La contempló. Vestida de otra forma podría pasar por una de sus amigas del insti. Podría ser una de las chicas del Monumento. Era muy antigua, muy nueva.

—Me llamo Sylvia —dijo Sylvia.

Las facciones de la chica cambiaron ligeramente, se volvieron más suaves, sonrió entre las sombras.

Volvió el olor a sudor y tierra salada y humo de madera.

Ahora Sylvia notó la respiración de la chica.

No apartó la vista de ella.

—Tengo quince años —dijo Sylvia.

Se dirigió un bufido a sí misma. ¿Cómo iba a entender la chica esas cosas?

—Soy como tú —dijo Sylvia.

La chica le devolvió la mirada.

—Me llamo Sylvia Carr —dijo Silvia—. ¿Tú quién eres? —le preguntó ella.

La chica se sacó un cuchillo de piedra de la ropa. Se lo mostró a Sylvia. Se acuclilló ante la roca y pasó por esta la punta del cuchillo. Dibujó una espiral que conectaba con otra que ya había. Siguió tallando, tallando, trazando un surco. Miró a Sylvia. La luna brillaba en sus ojos. Sylvia frunció el ceño, después comprendió. Sacó su cuchillo del impermeable, el que le había dado Andreas, aquel con el que se había cortado su propia piel. Lo desenvolvió. En la roca ya había marcas, curvas, espirales. Se agachó al lado de la chica. Con la punta de su propio cuchillo, a la vívida luz de la luna, trazó una espiral que conectaba con otra ya grabada. Una espiral más pequeña que su mano. No apretó fuerte. La piedra del cuchillo era más dura que la roca y la piedra del cuchillo cortó la superficie de la roca. La luz de la luna dio sombra a la nueva marca. Volvió a dibujarla, apretando un poco más, creando un surco como el de la chica. La chica observó. Después le mostró a Sylvia una piedra redonda que estaba sobre la hierba, al lado de la roca. La cogió con la mano derecha. Con la izquierda llevó la punta del cuchillo al surco. Dio golpecitos con la piedra en el mango del cuchillo, usándola como un martillo para hacerlo avanzar, profundizar el surco. Lo hizo una vez más, otra vez más. La espiral se volvió más clara y marcada, más ensombrecida por la luz de la luna.

Sylvia comprendió.

La chica le entregó la piedra-martillo. Era un poco más grande que su puño. Le encajaba perfectamente en la palma. La sostuvo entre los dedos. Llevó la punta afilada al surco. Golpeó suavemente la parte trasera del cuchillo con la piedra. La chica asintió. *Así. Así, Sylvia.*

La chica cogió otra piedra parecida de entre la hierba.

Las dos trabajaron juntas, usando sus cuchillos y sus piedras-martillo para crear su arte en la roca. Golpeaban, hundían, rascaban. Una vez más, una vez más, una vez más, una vez más, trazando espirales con sus manos sobre la superficie. Sylvia se mantuvo totalmente absorta, igual que cuando había cortado el hueso del pájaro. Se había convertido únicamente en su mano, la piedra, el movimiento, la marca. Estaba en armonía con la chica que tenía a su lado, también perdida en la creación de símbolos.

Siguieron así durante lo que pareció horas, años, las espirales cobrando forma bajo sus manos.

Dejaron las piedras-martillo y usaron de nuevo las puntas

de los cuchillos, trazando espirales, trazando espirales, suavizando los bordes.

Por fin se echaron atrás. Habían acabado las formas.

Entonces crearon las marcas curvas con las que unieron las diferentes espirales.

Volvieron a apartarse de la roca para mirarla.

Sylvia sonrió. La chica sonrió.

Ahí estaban ellas, unidas por la roca.

La chica se guardó su cuchillo. Sylvia envolvió y guardó el suyo.

Dejaron las piedras-martillo sobre la hierba.

La chica cogió las manos de Sylvia entre las suyas.

Se levantaron, se miraron frente a la roca, se sonrieron a los ojos, sintieron cada una la fuerza y la ternura de la otra.

Sylvia rodeó a la chica con sus brazos y la chica rodeó a Sylvia con sus brazos e intercambiaron sus alientos y sintieron el latir de sus corazones.

Y Sylvia Carr, la joven de los sentimientos tan intensos, de los pensamientos tan intensos, sintió una intensidad nueva que nunca antes había sentido, y cuando las dos se separaron dio un paso atrás y vio el titilar de una fogata más abajo, entre las colinas. Oyó risas de niños. Oyó voces de adultos transportadas suavemente por el aire puro. Vio siluetas moviéndose por la tierra, iluminadas por la luz de la luna. Vio los contornos de las cabañas. Era como mirar al interior de la más negra noche, al interior de las profundidades desconocidas de su propia mente.

Entonces la chica metió una mano en el impermeable de

Sylvia y sacó la flauta de hueso y se la llevó a los labios y tocó mientras la miraba a los ojos. Tocó durante unos minutos que pudieron ser mil años, y la música emanaba de su cuerpo y del hueso del gavilán y de todas las eras pasadas y viajó por el aire de la bella Northumberland iluminada por la luna, y por dentro del cuerpo, la mente y el alma de Sylvia Carr.

Y Sylvia se transformó en la música, y no podía moverse y no podía hablar hasta que por fin consiguió susurrarle a la chica:

—Yo soy tú. —Rio, y añadió—: Y tú eres yo.

Miró atrás, hacia la dirección por la que habían llegado.

Todo era nuevo, todo había cambiado.

«¿Cómo voy a regresar?», se preguntó.

La chica tocó la mejilla de Sylvia.

Y Sylvia cayó y entró en su sueño.

Estaba tumbada junto a la roca, bajo el gran árbol, con los brazos extendidos, como el gavilán, los tótems, el Cristo colgante. La chica del vestido y el collar de conchas estaba sentada tranquilamente a su lado. ¿Sylvia dormía o estaba muerta? Al igual que los tótems y el gavilán, cambió. Empezó a convertirse en tierra. Su piel y sus huesos se descompusieron. Las arañas y los insectos caminaban por encima de ella. Unos gusanos se arrastraban por encima de ella, otros se alimentaban de ella. La humedad del suelo ascendió y se filtró en ella. El rocío del aire descendió y se filtró en ella. La tierra la hizo suya. Llovió encima de ella. La brisa sopló a su alrededor. Llegaron vientos y tormentas y aguaceros y nieve y granizo y escarcha y hielo. Había momentos de sol brillante y calor muy fuerte. Y el mundo giraba y seguía girando, y el tiempo pasaba y seguía pasando. Y la chica se desvaneció y otras chicas y otra gente pasaban y algunos se acercaban a ella. Y en ella crecieron líquenes, flores, musgo y helechos. Las abejas zumbaban por encima de ella. Las víboras se arrastraban por encima de ella. Los conejos cavaban en ella. Los tejones hacían túneles en ella. De ella brotaron matojos y árboles, y los pájaros hacían sus nidos en las ramas y cantaban desde las alturas. Y todas esas cosas comían de ella y se alimentaban de ella y así ella pasó a convertirse en esas cosas. Y osos y lobos y ciervos y zorros caminaban por ella. Los niños cogían bayas de los matorrales que crecían de ella. Un niño cogió un huevo de pardillo de un nido justo encima de ella. Una mujer se sentó durante horas en la roca marcada, lamentándose por el hijo que había perdido. Dos jóvenes se tumbaron sobre ella y se amaron y susurraron que se querrían para siempre. Y dos hombres se pelearon con cuchillos y uno de ellos cayó al suelo y se alejó arrastrándose, la sangre que le daba la vida abandonándolo. Y se oyeron los golpes y los gritos de batallas cercanas. Y en el silencio posterior se oyeron las llamadas de los cucos y las lechuzas y las alondras y los ladridos de los perros y las risas de los niños. Y el mundo seguía dando vueltas y vueltas, y el tiempo seguía pasando y pasando. Y el sol salía y se ponía. La luna crecía y menguaba. Las grandes galaxias se movían en círculos y danzaban por el cielo infinito. Y llegaron hombres con herramientas y cavaron la tierra y alrededor de ella creció un bosque, un bosque de árboles rectos y gruesos troncos y ramas muy oscuras. Y ahora, de vez en cuando, los aviones atravesaban con sus gritos el aire claro por encima de los árboles. Y una tranquila y soleada tarde de cristal, un gavilán planeó y aulló, y se oyó un ruido muy fuerte y el gavilán cayó, agitando las alas, intentando huir volando y liberarse del inmenso dolor. Y cayó y se quedó colgado de un árbol cerca de ella.

Y llegó una chica, y un chico, y pasearon por entre los árboles mientras hablaban de la creación y la destrucción, y descubrieron el milagro alado fruto de toda la creación, y se hicieron con un hueso hueco que podría dar una música que trascendería el tiempo.

—¡Sylvia! ¡Sylvia Carr! —La voz le llegó desde lejos, muy lejos, joven, segura, con el aire de la primera mañana—. ¡Sylviaaa!

¿La oyó de verdad o fue un sueño?

Las voces de los pájaros que se elevaban del bosque y los claros, y sonaban mucho más cercanas. Voces de petirrojos y mirlos, graznidos de cuervos, gorriones y tordos y pinzones. Por encima de todos los demás, las alondras cantaban y los gavilanes sobrevolaban en círculos el paisaje. Los sonidos provenían de bellos cuerpos de huesos huecos. Salía forzado por estrechas gargantas y a través de puntiagudos picos abiertos de par en par. Era la canción del aire y la tierra y el tiempo. Marcaba el final de la noche y daba la bienvenida al regreso del sol. Y ahí llegaba él, mostrándose de nuevo mientras el gran planeta giraba, una enorme bola de distante fuego amarillo muy por encima de las colinas, de los árboles, del lago. La canción parecía elevarse en espirales hacia su luz. Y descender en espirales hacia Sylvia Carr. Viajaba por su estrecho oído, la llamaba desde el interior de su cuerpo creciente, se volcaba en su maravillosa mente, danzaba en su inquieta alma.

La llamaba para despertarla de su sueño y de su muerte.

Abrió los ojos.

El cielo era de un color azul cristalino.

La tierra era blanda y cálida.

Siguió tumbada mientras se despertaba.

¿Dónde estaba? ¿Qué era? ¿Estaba naciendo?

¿Era esa la alegría que sentía en su interior? ¿Era la alegría de nacer?

Abrió la boca e hizo que manara de ella su propia canción sin letra, que se elevó al aire y ocupó su lugar entre el coro de los pájaros.

Sintió su propio cuerpo, los huesos, la carne.

Se acarició la piel del rostro.

Se pasó la mano por el pelo.

Se miró a sí misma.

Estaba tumbada sobre la hierba.

Llevaba las botas, los vaqueros, el impermeable.

Se incorporó y se arrodilló ante la roca. En ella crecía un liquen blanco. En los surcos de muchas de las marcas antiguas había un musgo verde brillante. El clima y el tiempo habían erosionado las marcas. Sylvia las resiguió con un dedo. Resiguió las marcas que habían creado ella misma y la chica. Resiguió la curva que unía unas espirales con otras y con todas las demás, y que hacía que todo el conjunto fuera una única cosa.

Sonrió. En la tierra que rodeaba la roca estaba la piedra-martillo. Estaba semienterrada entre la hierba. En ella había musgo. La levantó y apartó un poco del musgo. Vio las muescas que revelaban que con ella se habían golpeado herramientas de piedra. Volvió a dejarla sobre la hierba y colocó al lado el cuchillo, la rasqueta, el hueso hueco.

Los miró y se sintió satisfecha.

—Soy Sylvia Carr —le murmuró al aire.

Sonrió ante la satisfacción de ser Sylvia Carr.

Y el tiempo siguió avanzando y la luz se acrecentó alrededor de ella.

—¡Sylvia! ¡Sylvia Carr! —La voz, aguda, aún lejana—. ¡Sylviaaa!

Se imaginó al niño abriéndose paso por entre los árboles, pasando de la sombra a la luz, de la sombra a la luz, su pequeño cuerpecillo moviéndose por aquel lugar enorme y antiguo.

—Estoy aquí —dijo ella en voz baja—. Sigue buscando. Pronto me encontrarás.

—¡Sylviaaa!

Sí, era Sylvia, pero también era la chica del collar de conchas, la chica que la había guiado hasta el bosque, la chica que se había arrodillado junto a ella a la luz de la luna para crear espirales en la roca.

Qué extraño, qué maravilloso, ser esa nueva versión de sí misma.

—Hola, Sylvia.

Ahora la voz estaba a su lado.

Volvió la cabeza, y ahí estaba él, su joven y rubio amigo Colin, sentado tranquilamente en la hierba tras la roca.

La saludó una vez más.

Ella intentó hablar, pero no le salían las palabras.

—Colin —dijo por fin—. ¿Cuánto tiempo llevas aquí?

Él rio.

—¡Buf! Una eternidad. ¿Volvemos ya?

—Te he llamado a la puerta. Te he tirado piedrecillas a la ventana.

—¿Piedrecillas? —preguntó ella.

—Sí, piedras pequeñas.

Regresaban por el bosque.

Ella aún se sentía medio en un sueño.

—Fui a buscarte para desayunar —siguió Colin.

—¿Desayunar?

Él se rio.

—Sí, Sylvia, desayunar.

El cuerpo de Sylvia se movía lentamente. Se tambaleaba. Tenía que prestar atención a cada paso que daba. Se sentía como una niña que volvía a aprender a caminar.

Se humedeció los labios, se pasó la lengua por ellos.

—Solo salí a dar un p-paseo —dijo.

Era como volver a aprender a hablar.

Era como volver a aprender a vivir.

Salieron del bosque, cruzaron el veloz riachuelo, pasaron los tótems caídos, el Cristo colgante.

—¡Aquí está! —exclamó Colin.

Anthony y Gabriel, fuera de su casa. Sobre ellos caían columnas de luz temprana.

—Te has levantado con las alondras, ¿eh? —dijo Anthony.

Ella frunció el ceño. ¿Las alondras?

—He… he ido a dar una vuelta —replicó en voz baja.

—Vale, pues entra.

Gabriel la cogió de un codo y la condujo hasta la mesa de la cocina.

Había cereales y fruta. Anthony preparó té y café.

—No estaba lejos —dijo Colin. Se rio—. ¡He traído de vuelta a la hija pródiga!

Sylvia comió con hambre, atropelladamente, como si hubiese regresado de un largo viaje, de hacer un gran esfuerzo.

Anthony hizo tostadas y ella se comió una rebanada tras otra.

Tomó taza tras taza de té negro dulce.

Se le empezó a soltar la voz.

Se le aclaró la cabeza.

—Creo que me quedé dormida —dijo—. Era muy cómodo.

Una pequeña araña se movía por sus vaqueros. La cogió con una mano y la dejó caminar por la palma. Vio los rasguños, las ligeras marcas en la piel. Le escocían los músculos de los dedos.

—Fue bonito —añadió.

Gabriel la observó.

Bebió más té.

Parte de ella estaba aún en el bosque, junto a la roca, con la chica.

Parte de ella seguía en el pasado lejano.

Quizá siempre había sido así.

Tomó un último trago de té.

En aquel momento Sylvia no sentía ganas de estar en compañía.

—Voy a volver —anunció.

—¿Tan pronto? —se extrañó Anthony.

—Sí. Lo siento.

—Te acompaño —propuso Gabriel—. ¿Puedo?

Fueron juntos por la estrecha calle hasta la casa de ella.

—He estado fuera toda la noche —le dijo Sylvia.

—Ah. Ya había sentido yo algo raro.

—¿Sí?

—Anoche, antes de dormirme. Tuve la sensación de que no estabas. De que te habías ido.

—¿Que me había ido adónde?

—No sé. Quizá a Newcastle.

—¿Desde aquí? ¿De noche?

Él rio.

—Y que en realidad nunca habías estado aquí, que habías sido como... un producto de la imaginación.

—Pero aquí estoy ahora, tan real como siempre.

Se tocó los brazos, las manos, las mejillas.

—Mira. Tócame y lo verás.

Él llevó el dedo índice al hombro de Sylvia.

—Real como la vida misma —dijo.

—Sí, como la vida misma.

El pueblo cobraba vida.

Un coche pasó junto a ellos y subió por la carretera que llevaba más allá de las colinas.

—¿Pasaste al mundo de los espíritus? —le preguntó Gabriel.

Ella se sacó del bolsillo la pesada piedra.

—Encontré esto. No tiene mucho de espiritual.

Apartó un poco más de musgo de la superficie.

—Había una chica —añadió.

—Ah, sí, había una chica. ¿Y se llamaba Sylvia Carr?

—Sí. No.

—Vaya, la respuesta más misteriosa: sí no, no sí.

Ella sonrió.

—Voy a contártelo. —Bajó la voz—. Pero no ahora, Gabriel.

—¿Te encuentras bien?

—Creo que me morí —se descubrió diciendo ella. Se rio

de sí misma—. Vaya tontería. Está claro que no puedo haberme muerto, ¿no?

—No. No lo sé, Sylvia.

—¿Qué significa morir? —se preguntó ella.

—No lo sé —repitió él, y rio.

Sylvia también.

—¿Quién sabe nada sobre nada, Gabriel?

—Yo no.

—Yo tampoco.

Vieron a Andreas salir por la puerta de su casa con una bandeja de té. La dejó en su mesa y se sentó en su silla.

Los saludó con la mano.

Los tres se desearon buenos días.

Sylvia y Gabriel fueron hacia la pequeña portezuela de la verja del anciano.

Sylvia le mostró la piedra.

—He encontrado esto, Andreas. En el bosque.

Él la cogió con sus manos temblorosas y la examinó.

—Hay que tener buena vista para fijarse en estas cosas —dijo. Pasó los dedos por la superficie—. ¿Ves esas marquitas? Es una piedra-martillo. La piedra que hacía avanzar el filo de la hoja por la roca.

Se la devolvió.

—El pasado nos rodea por todas partes. —Sylvia repitió la frase que había pronunciado él unos días antes.

Sintió el peso de la piedra en su mano, la frialdad contra su piel. Sintió la presencia de la chica a su lado, dentro de ella. Sintió la mano de la chica tomando la suya.

—Está en lo más profundo de nuestro interior —siguió—. Está allí, esperando a que lo encontremos.

Sabía que algún día intentaría contarle a Andreas lo del hueso hueco, lo de la chica, lo de la roca. Y sabía que debía hacerlo pronto: él tenía noventa y cinco años.

Al anciano le brillaron los ojos.

—Y ahora, en el momento presente —dijo— es una mañana espléndida, mis jóvenes y buenos amigos.

—Cierto —asintió Gabriel.

—Pensad en lo horrible que sería vivir entre tanto esplendor y no ver el esplendor.

Sylvia respiró hondo y extendió los brazos al cielo matutino.

—¡Sí! —exclamó—. ¡Sería horrible!

Andreas alzó su taza.

—Voy a tomarme mi té. Y vosotros, mis jóvenes y buenos amigos, podéis recorrer el esplendor.

Sylvia y Gabriel siguieron caminando.

Llegaron hasta la puerta de la casa de ella.

—Se me ha ocurrido una idea —dijo él—. Creo que tendríamos que tocar juntos nuestras flautas de hueso en la noche de la música del centro social.

—¿Podemos? ¿Puedo?

Estaban muy cerca el uno del otro.

Ambos sentían el aliento del otro.

—Cuando uno se hace una flauta de hueso tiene que tocarla para los demás —respondió él—. Antes ensayaremos, ¿vale?

—Sí, Gabriel. Vale. Hagámoslo.

Dio un paso atrás, se apartó un poco de él.

—Tengo que entrar.

Pero no se movió.

De repente se inclinó hacia delante muy rápido, le rodeó la cintura con un brazo y le besó en la mejilla.

Él se sonrojó. Ella sonrió.

—Sí, pasa —le susurró.

No dijo más y entró.

Se sentó en una silla, sola en la sala oscura.

Sintió cómo la sangre fluía por sus venas, se sintió el aliento en el pecho. Era joven. Era libre. Era Sylvia.

Durmió muchas horas. No soñó.

En el claro había cobertura. Habló con su madre. No regresar había sido una buena decisión: el chico estaba bien en ese momento, pero antes no. Se había escapado. Lo encontraron durmiendo en una cueva de la playa de Cullercoats. Le dijo que ella era la única con quien podía hablar. Le contó que había intentado acabar con todo. Quiso ahogarse, pero el agua estaba demasiado fría. Quiso tirarse por el barranco, pero el barranco era demasiado bajo. Se consideraba patético: no era lo bastante listo ni para matarse. Pero en realidad eso solo era porque no se lo había propuesto en serio. Quería lo mismo que queremos todos pero que a tantos nos cuesta mucho encontrar: quería amor. Quería vivir.

—Creo que te caería bien —le dijo a Sylvia su madre—. No es de trato fácil, pero es que ha tenido una vida complicada. Quizá podrías venir a verlo cuando vuelvas.

Sylvia sonrió, pensó en los otros niños con problemas a los que trataba su madre y que ella había conocido.

—Sí, mamá, puede que sí.

Qué raro le resultaba pensar en volver al mundo normal.

—Tiene casi tu misma edad —siguió su madre—, pero no es muy maduro. Aún tiene que crecer.

—¿Y papá? —preguntó Sylvia.

—Parece que sigue en Roma. —Rio amargamente—. Me rindo, Sylvia. Ya no me importa.

—Pues claro que te importa.

—¿Tú crees? ¿Estás segura?

La señal se desvanecía y reaparecía. La madre pareció decir que iba a regresar pronto.

Sí, le dijo Sylvia, ella estaba bien. Sí, Gabriel y su familia la estaban cuidando. Sí, era feliz. No, no se sentía abandonada.

La señal desapareció. Su madre desapareció.

Sylvia miró hacia la ciudad desde el claro.

Muy pronto iba a volver.

En un rincón había ratones. Dos de ellos muy quietos, entre

las sombras que oscurecían el zócalo. Y tres arañas colgaban del techo en sus telas. Y había una grajilla posada en la verja, justo tras la ventana. Y otra.

No las mencionó.

Sopló en el frágil hueso hueco. Movió los dedos por los agujeros. Las notas salieron suaves y delicadas. Respiró más hondo y sonaron más altas.

—Pero ¿cómo van a oírnos en esa sala tan grande?

—Le diremos a Mike que le pida a la gente que esté en silencio —respondió Gabriel—. A él le harán caso.

Se hallaban en casa de ella, en la sala de estar. Su madre aún no había vuelto.

Estaban ensayando juntos.

Intentaron tocar canciones populares —la de Bonnie en Morn, la de las aguas del río Tyne—, pero sus flautas no estaban hechas para ello. No tenían notas suficientes, no estaban lo bastante espaciadas. Así que tomaban aire, variaban la respiración y movían la lengua y las mejillas y los dedos y los pulmones, y las melodías que salían eran diferentes cada vez. A veces se unían en armonía para volver a separarse después. A veces las notas no eran firmes, temblaban, incluso sonaban mal, y de repente el sonido se transformaba, creando momentos de belleza y gracia.

Gabriel rio.

—No sé para qué ensayamos —dijo—. No es que vayamos a perfeccionar una canción, y menos aún a formar un repertorio.

Pero siguieron tocando, perdiéndose a veces en la interpretación. Sylvia se daba cuenta de que no estaba dejándose ir del todo; tenía miedo de echarse a viajar en el tiempo o cruzar alguna extraña frontera. Ya le había pasado en el bosque, y no deseaba repetirlo en aquella casita de campo. Además, le gustaba la sensación de estar presente en ese lugar, en ese momento, con ese chico.

Sonrió. Asintió en dirección a los ratones, a las arañas.

—¿Has visto a nuestro público? —susurró.

—Sí —susurró él.

Sylvia sabía que la música los acercaba más el uno al otro: la armonía de su respiración, de sus cuerpos moviéndose al ritmo, tan juntos. A veces sus hombros se tocaban. Se sonreían mirándose a los ojos. A veces no sonreían sino que se contemplaban en los ojos las profundidades creadas y descubiertas por la música. Pero ella tampoco estaba dejándose ir del todo con Gabriel.

Estaban sucediendo demasiadas cosas, demasiados cambios en su interior.

Cuando la luz de fuera empezó a decrecer, dejó la flauta de hueso.

Los ratones desaparecieron. Las arañas volvieron a subir por sus telas. La grajilla se fue.

—Todo va a ir bien —dijo.

—Sí, va a ir bien.

—Me va a dar vergüenza.

—Y a mí también. Pero nos va a ir genial.

—Sí. —Él la miró fijamente—. Creo que ya hemos hecho bastante por hoy.

Gabriel se encogió de hombros.

—Vale.

Ella lo acompañó hasta la puerta.

Se dieron un beso en la mejilla.

Él se fue.

La chica no regresó. Su madre no regresó. Sylvia estaba sola. Tocó la flauta de hueso para sí misma, en la cocina, en la pequeña sala de estar, en la pequeña habitación. Tocó erguida. Tocó tumbada en el suelo. A veces le daba la sensación de que se elevaba en el aire, que empezaba a flotar y a volar, que se estaba convirtiendo en el gavilán con cuyo hueso había fabricado el instrumento.

Cuando dormía soñaba con que crecían bosques en su interior y a su alrededor, que crecían bosques en el mundo entero. Soñaba con que los vivos y los muertos y los aún no nacidos bailaban juntos en los claros de los bosques.

Una noche su habitación se convirtió en un claro en el bosque. Estaba tumbada en él, como un gavilán caído. De entre los árboles salió gente con cuchillos de piedra. Se pusieron en cuclillas a su lado. La serraron y la cortaron y la partieron y esparcieron sus huesos por la hierba. Cogieron el cúbito y lo vaciaron de médula. Le tallaron una boquilla y agujeros para los dedos. Y entonces apareció la chica. Fue ella quien se llevó a la boca la flauta creada con el cúbito de Sylvia y sopló. La música que salió fue muy bella y la gente bailó formando espirales al ritmo de la melodía del hueso de Sylvia.

Y la chica se convirtió en el animal del que había salido el hueso hueco. El animal era Sylvia Carr. La chica se transformó en Sylvia Carr. Sus huesos eran los de Sylvia. Su carne era la de Sylvia. Y Sylvia Carr estaba satisfecha por encontrarse en manos de la chica, porque la chica soplara por ella, por ser esa chica.

Ella era Sylvia y Sylvia era ella.

Y cuando Sylvia se despertó supo que todo estaba cambiando y que iba a seguir cambiando para siempre.

Y se despertó de su sueño y sintió una felicidad como nunca antes había sentido.

Sylvia dibujó en un cuaderno a la chica, su pelo, su collar de conchas. La chica estaba de pie junto a la roca marcada, y la contemplaba con ojos brillantes y tranquilos. Llevaba un cuchillo de piedra en una mano, una piedra-martillo en la otra. Sylvia suspiró. El dibujo estaba lejos de la perfección, pero era lo mejor de lo que ella era capaz. Lo enrolló y fue a ver a Andreas.

Era una mañana fría. Lloviznaba. Llamó a la puerta. Él acudió lentamente. Se apoyaba en un bastón y le temblaban las manos. Sonrió.

—Es el frío —explicó—. Hay días en que todo cuesta. Pasa, Sylvia.

Ella se sentó en una mecedora. Él insistió en prepararle un té.

—He hecho esto para ti —le dijo Sylvia.

Desenrolló el dibujo. Al volver a verlo le gustó más, con la hierba brillante tras la roca oscura, las marcas en ella, la propia chica, que parecía más real y más llena de vida ahora que alguien más la veía.

Se parecía más a como había sido en la realidad.

—Es maravilloso —dijo Andreas.

Miró el dibujo muy de cerca. Después la miró muy de cerca a ella.

—¿Eres tú, Sylvia?

¿Cómo podría explicárselo ella?

—Eso creo, Andreas. O yo como era hace cinco mil años.

—Entonces sí que eres tú. Gracias.

Todas las paredes de la sala estaban llenas de libros. Había herramientas de piedra en estantes. Había una vieja caja de cartón en el suelo, a los pies de él.

—Estaba buscando mi propio pasado, Sylvia —dijo. Respiró hondo—. Creí que debía hacerlo solo. Pero quizá sea bueno que hayas venido justo ahora. Tu estás al principio de todo y yo estoy casi al final. —Señaló la caja—. Ayúdame, Sylvia.

Ella la levantó del suelo.

Él abrió la tapa.

Dentro había papeles y fotografías.

—Este soy yo —siguió Andreas—. Como era hace cinco mil años. O hace ochenta años.

Sacó una foto. La colocó boca abajo en su palma.

—Quizá me odies.

Miró a la distancia, recuperó la calma.

—He pensado muchas veces en destruir todo esto —explicó—. Pero no hay forma de huir: el pasado ha de ser conocido.

Le dio la vuelta a la foto. El color de la imagen estaba desgastado, y mostraba a un niño que no sonreía y llevaba pantalones cortos, botas, una camisa beis, corbata y gorra.

—Tenía quince años —dijo Andreas—. Igual que tú ahora.

Tras la sorpresa inicial, Sylvia miró la imagen de cerca. Sí, era Andreas. Aún se distinguía el rostro del niño en el rostro del anciano.

Sacó otra foto. Un grupo de chicos parecidos a él mismo, cargando con mochilas, marchando juntos con sus uniformes por un camino forestal.

Señaló.

—Yo de nuevo. ¿Ves lo feliz que era?

Ella asintió de nuevo.

—Las Juventudes Hitlerianas —dijo él.

Repitió las palabras. Hizo una pausa.

Sylvia no dijo nada.

—No te has ido, Sylvia. —Ella negó con la cabeza. No podía hablar—. Estábamos metidos todos. Todos los niños. Éramos felices. Aún oigo nuestros pasos. Oigo las canciones que cantábamos. Nos encantaba desfilar, cantar, acampar, ir a manifestaciones. Estábamos juntos. Nos sentíamos libres. —Hizo otra pausa. Las manos le seguían temblando—. Lo queríamos a él.

Otra foto. Esta vez había cientos de niños, todos con cara seria. Formaban en un estadio. Por entre ellos caminaba Hitler, dedicándoles su saludo.

—Sí —insistió Andreas—. Lo queríamos a él.

Señaló a un niño de la primera fila.

—Mira lo contento que estoy, Sylvia. Mira la felicidad en mis ojos.

Ella seguía sin poder hablar. Miró al niño Andreas y al hombre Andreas.

—Poco después —siguió él— estaba marchando igual de contento en la guerra. De haberme encontrado con alguien como tú habría intentado acabar con su vida.

Volvió a tapar la caja. Mantuvo las tres fotos en su mano.

—¿Ahora me odias? —preguntó.

A ella le daba vueltas la cabeza. ¿Cómo dar sentido a aquello? ¿Cómo podía ese chico ser también aquel amable anciano?

—Ese no eres tú —dijo por fin—. No como eres ahora.

—Sí que lo soy. Ese niño, Andreas, sigue viviendo en este Andreas. El joven cruel en el que se convirtió sigue viviendo aquí dentro.

—Has cambiado.

—Sí. Fui transformado, igual que el mundo entero fue transformado. Me salvó el hecho de que me capturaran, de que me encerraran, venir a Northumberland. Me salvaron los bosques y la música y las alondras y las hachas de piedra. Aún hoy siguen salvándome. —Se acercó un poco más a ella—. Tú me salvas. —Tomó un sorbo de té—. Es una historia muy muy larga. Estoy llegando al final y sí, quizá sea una historia esperanzada. El joven confuso y este viejo tembloroso se convierten en un símbolo de esperanza.

—Es cierto, Andreas.

—Ten cuidado del adulto que desea disciplinar a un niño —murmuró él.

Tomaron el té juntos.

Fuera cesó la llovizna y el sol empezó a asomar.

El anciano le ofreció las fotos a Sylvia.

—Me gustaría que las tuvieras tú.

Ella las cogió, extraños y paradójicos regalos de un hombre extraño y paradójico.

—Destrúyelas si quieres —añadió.

Sylvia no tenía ni idea de qué hacer con ellas, pero sintió que la acompañarían toda su vida.

Se las guardó en el bolsillo del impermeable.

—Gracias por tu precioso dibujo. Lo guardaré para siempre.

Se dieron la mano y ella salió de la casa.

El sol brillaba.

La luz se vertía desde la sala hasta la calle oscura.

Sylvia y Gabriel entraron juntos. Iban con Anthony y Colin. La madre de Sylvia no había regresado. Se sentaron a una mesa con Andreas, que tenía un vaso de cerveza rubia y lo alzó en señal de saludo al verlos.

El hombre alto, Mike, estaba en el escenario, ajustando el micrófono.

Había músicos por todas partes, sentados a las mesas, en pie apoyados contra las paredes, bebiendo en la barra. Ya sonaban pequeñas sesiones a volumen discreto. Violinistas con acordeonistas, flautines de metal con baterías. Muchos cantaban en voz baja y encantadora. Había un anciano en pie en un rincón oscuro que apretaba los sacos de su gaita interpretando notas tristes. Los niños pequeños jugaban y correteaban por los espacios desocupados.

Oliver y Daphne Dodd fueron a sentarse con ellos. Él llevaba su viejo traje de tweed; ella, su brillante vestido floral rojo y marrón.

Oliver rio.

—Esto ya se está volviendo una costumbre —dijo.

—¿Te estás acostumbrando a este lugar? —le preguntó Daphne a Sylvia—. ¿Te estás acostumbrando a nosotros?

Ella contestó que sí.

Se descubrió diciendo que nunca antes había conocido un lugar como aquel.

—Nosotros tampoco —asintió Daphne—. Bueno, la verdad es que no conocemos ningún otro. No somos como vosotros los jóvenes, que viajáis por todo el mundo.

A Gabriel se le acercaron otros de su edad y le preguntaban si quería tocar con ellos. Él contestó que quizá más tarde. Añadió que aquella noche quizá tocara con Sylvia. Ellos

151

sonrieron. Ella se puso colorada. Ellos volvieron a sonreír. Ella volvió a ponerse colorada.

—¿Qué tocaréis? —preguntó Oliver Dodds.

Sylvia se sacó tímidamente la flauta del bolsillo. La dejó sobre la mesa.

—¡Por Dios! —exclamó Daphne—. ¡Una flauta de hueso! —Extendió un brazo—. ¿Puedo?

La cogió entre sus manos, al igual que la chica de la noche la había cogido entre sus manos.

—Es de un gavilán —explicó Sylvia—. La he hecho con las herramientas que me diste tú —le dijo a Andreas.

—Mi padre tenía una —rememoró Daphne—. Hace mucho mucho tiempo. Yo era muy pequeña. ¡Ah, y cuando la tocaba, qué delicia, qué magia! Nos poníamos todos a bailar y se nos iba el santo al cielo.

Se la llevó a los labios y tocó una nota y sonrió como encantada.

La depositó de nuevo entre sus manos para devolvérsela a Sylvia.

—Dijo que yo lo heredaría, pero ¡a saber por dónde anda ahora ese viejo hueso hueco! —Rio—. Por eso toco el pícolo: es el instrumento más parecido. —Tocó unas pocas notas con él—. Encantador, claro... pero no es lo mismo. No tiene la misma magia, Sylvia.

Entonces Gabriel sacó su flauta de hueso.

Daphne tragó aire de nuevo, admirada.

La cogió entre sus manos.

Tocó unas notas.

Los ojos se le llenaron de lágrimas.

—Me la encontré yo —le contó Gabriel—. En una granja abandonada de una colina lejana.

Ella cerró la mano alrededor del instrumento.

—¿Es posible? —se preguntó—. No, claro que no. No, ¿verdad?

Volvió a tocar.

Cerró los ojos y sonrió.

—Soy una niña de nuevo, Oliver —le dijo a su marido.

—Mi amor —replicó él—, tú siempre llevarás una niña dentro.

—Nos dijo que no sabía de qué animal había salido. A veces decía que era un hueso de un zorro pequeño, a veces que de un gato salvaje, a veces que de un águila real. ¿Quién sabe de qué será en realidad?

La sostuvo ante su rostro, como para respirar el aliento de su padre, para aspirar todo el aliento que había pasado por ella.

—A veces, de noche —siguió— me ha parecido oírla, su sonido llegaba desde las colinas, como en un sueño. ¿Es posible? —se preguntó de nuevo—. Él decía no recordar cómo había llegado a ser su propietario, aunque insistió en que «propietario» no era la palabra. Él la tendría un tiempo entre sus manos, después pasaría a manos de otro, y así hasta que se rompiera o hasta el final de los tiempos. —Cerró los ojos. Sonrió al oír la música de su infancia—. De eso hace mucho.

—Se la devolvió a Gabriel—. Toca bien, hijo.

Los primeros músicos salieron al escenario. Un grupo de

niños, de nueve o diez años, tocaron sus violines juntos. Chirriaban y rechinaban y de vez en cuando convergían en tono y en armonía. Fueron muy aplaudidos. Después unas cantantes, las dos chicas de la semana anterior. Cantaron sobre dos amantes separados por el agua y sobre un par de cuervos que se comieron el cuerpo de un caballero muerto. Después los bailarines con sus zuecos y un acordeonista, y parejas que bailaban cogidas de los brazos y tiradas en el suelo. Mike cantó una balada fronteriza repleta de violencia y guerra. Después Daphne tocó su pícolo y sus amigos le pidieron a Gabriel que se les uniera en un tema y él se levantó por fin y le pidió a Sylvia que hiciera lo propio y fueron juntos por entre las mesas hasta el escenario. Gabriel le susurró unas palabras a Mike, que levantó los brazos y pidió a la sala que se hiciera el silencio, que había un nuevo músico entre ellos y que quería tocar y que ellos tenían que prestarle atención. Y Sylvia sintió timidez, timidez, pero a la vez se sintió valiente, y en pie con Gabriel a su lado se descubrió diciendo tímidamente: «Voy a tocar para ustedes la flauta de hueso».

Y hubo aplausos discretos, y gritos de ánimo discretos, y llamadas a que hablara más alto, y a continuación casi se hizo el silencio.

Y ahí en pie reparó en lo frágil que era el instrumento, lo pequeño, lo ligero. Muchos en la sala casi no lo veían. Y cuando se lo llevó a los labios el sonido que produjo fue muy suave, etéreo. Apenas parecía estar presente en el local. Pero Gabriel acercó el micrófono a ella, y el sonido se vio ampliado y empezó a fluir por la sala.

Ella no tenía ninguna melodía que interpretar, apenas notas que viajaban en su aliento desde su cuerpo y atravesaban el hueso hueco que ella misma había creado. Se relajó. Pasó los dedos por los agujeros. Varió la intensidad de su respiración. Cerró los ojos y se cimbreó ligeramente mientras tocaba. Al abrirlos de nuevo vio que había gente que se le acercaba. Vio a los que estaban en las mesas, que apoyaban la cabeza en las manos y la contemplaban primero con expresión de sorpresa y después maravillados. Marcó el ritmo con el pie. La gente empezó a moverse, a dejarse llevar por la pista. Sylvia respiró más fuerte, más fuerte, y las notas se elevaron y cobraron fuerza. Tan fuertes, tan extrañas como la voz de algún animal sin nombre, la voz del agua o del viento. Los sonidos que creaba daban vueltas en espiral por la sala, regresaban y ella volvía a tocarlos una y otra vez. Y Sylvia sintió que estaba cambiando de nuevo, tal como había estado cambiando desde que había llegado a aquel pueblo. Ahí estaba ella, una frágil niña de quince años, en ese escenario, con un frágil instrumento en los labios, y sintió que en cualquier momento iba a elevarse del suelo, como un buitre, como una alondra, como un ángel, mientras el mundo entero y el tiempo entero cantaban a través de ella, a través del hueso hueco llamado Sylvia Carr.

Y su amigo Gabriel se le unió y tocó sus propias notas.

Y entonces acudió el resto, con sus gaitas y sus silbatos y sus violines y sus tambores y sus guitarras y sus acordeones y sus zuecos y sus voces, y tocaron todos juntos en aquel viejo local de un pueblo junto al bosque en la lejana Northumberland. Y los bailarines bailaron alrededor de ellos, los viejos y los frágiles y los alegres y los jóvenes. Y sus movimientos trazaron espirales, y dieron vueltas por la sala juntos, cogidos unos a otros, cogidos entre todos, creando las espirales, la danza de la regeneración eterna de la vida y el tiempo.

Después, Sylvia y Gabriel salieron. Se sentaron muy juntos en un banco entre la oscuridad y la luz. Ella dijo que pronto iba a tener que regresar a Newcastle, a su ciudad, con sus amigos.

—Va a haber otra manifestación. Le prometí a Maxine que iría.

—Genial.

—No puedo quedarme toda la vida en los bosques. Y además, va a empezar el nuevo curso. Más exámenes. Ritos iniciáticos, ¡qué ilusión!

—¿Te hace ilusión de verdad?

Sylvia rio. Pensó.

—Pues en cierta forma sí, Gabriel. Ya sé que allí, en la ciudad, hay muchas cosas que no van bien, pero al menos estamos todos juntos: yo, Maxine, Francesca, Mickey, los demás. La vida no nos ha machacado mucho, y fuera del insti nos lo pasamos bien, al menos mejor que dentro. —Inspiró el aire nocturno. Le encantaba el aire nocturno—. Todos nos queremos. Eso es lo que hace que la cosa vaya bien. Es lo que nos da esperanza. —Le dio un golpecito con el codo—. Y después, el preuniversitario.

—¡Por el amor de Dios! ¡El preuniversitario! ¿Tendréis que ir de uniforme?

—No. Podremos ir como queramos. —Le dio otro golpecito—. ¿Por qué no coges ese enorme cerebro tuyo y te vienes con nosotros, Gabriel?

—Claro, como que sería tan sencillo…

—Sí, lo sería. Los conocerías a todos, formarías parte del grupo. —Él apartó la vista—. Cuidaríamos de ti —añadió en tono cómplice—. Tenemos que estar todos juntos —añadió manteniendo el tono cómplice. Ella misma se quedó un momento pensando. Decidió que estaba segura de ello—. Sí, Gabriel. Vente con nosotros, sé parte de nosotros.

La gente iba saliendo del centro. Algunos les dieron las buenas noches. Andreas les comentó lo mágica que había sido la interpretación. Se fue con paso no muy firme.

Oliver y Daphne también salieron.

—Me alegro de que la tengas tú —le dijo ella al chico.

—¿Cree que es la misma?

—Como mínimo, se le parece mucho. Quizá haya solo unas pocas flautas de hueso, que se pasan de mano en mano y así se conservan con el tiempo. —Se dieron las buenas noches. Cuando ella y su marido salieron de la luz, añadió—: Úsala bien.

—Bueno, y ¿qué fue lo que pasó la otra noche? —le preguntó entonces Gabriel a Sylvia.

Ella respiró hondo. No sabía por dónde empezar, pero de-

157

cidió contárselo con toda normalidad. Empezó por las palabras «Había una chica».

—¿Y se llamaba Sylvia Carr?

—Sí no. No sí. Yo era ella y ella era yo. —Él no dijo nada y esperó a que su amiga siguiera por sí misma—. Pasé la noche en el bosque con ella. Hicimos arte juntas en la roca. Y creo que me morí. —De nuevo, él esperó a que Sylvia continuara—. Creo que recuperé mi lado salvaje, Gabriel. Me morí y volví a la vida. El bosque creció en mí. Y aquí estoy ahora, hablando de volver al insti. Esto es lo que me resulta más raro de todo.

Mike salió del centro.

—Buen trabajo —les dijo. Cerró las puertas. Las luces se apagaron—. Ha sido la actuación más rara que he oído nunca. Buenas noches a los dos.

Los dejó solos en la oscuridad.

Sobre ellos, espirales infinitas de galaxias y estrellas.

Y dentro de estas, espirales infinitas de deseo y placer.

—Eres guapa —dijo Gabriel.

—Tú eres guapo —dijo Sylvia.

No había más que decir.

Se besaron.

Volvieron a besarse.

Su madre seguía sin regresar. Dijo que tenía que ayudar a cuidar del chico. Hablaron en casa de Anthony.

—¿Estás bien, querida?

—Sí —contestó Sylvia.

—¿Y Gabriel? ¿Y los demás?

—Están bien.

Su madre carraspeó y empezó a hablar del padre de Sylvia. Aún estaba en Roma, aún entre pasta y estorninos, aún atraído por la destrucción y la guerra. Habían estado conversando por teléfono.

—Es muy raro —dijo la mujer—. Donde yo estoy es donde antes estábamos los tres. Era el centro de todo. Y ahora solo estoy yo, aquí sola. Tú estás en el bosque, y él está muy lejos, deseando ir aún más lejos.

—Yo volveré pronto —replicó Sylvia.

—Iré a buscarte.

—El sábado hay una mani ante el Monumento. Quiero ir.

—Entonces iré antes a por ti.

—¿Vas a dejar a papá?

Hubo un largo silencio.

—Lo siento —dijo su madre.

A Sylvia se le llenaron los ojos de lágrimas.

—La vida sigue —murmuró—. Las cosas cambian.

—Eso suena a la clase de cosas que tendría que decirte yo a ti.

—Te quiero, mamá.

—Y yo te quiero a ti, mi amor.

Sylvia caminó con Gabriel. Se sentó en los columpios con él. Entraron juntos en el bosque y encontraron claros con tierra blanda y en los que la luz del sol se abría paso.

Ella le mostró las marcas que había hecho en la roca.

—Quizá sea lo mismo que yo le hice a mi piel —dijo él—. Quizá tracé una marca antigua en mi nueva forma joven.

—Pero la piel no es roca, Gabriel. El cuerpo es frágil. Tenemos que cuidarlo y protegerlo. —Le acarició una mejilla—. La carne es sagrada.

Pasó un día y otro más.

Ella le habló de sus amigos y de la ciudad.

—Yo antes me escondía —dijo él—. Estudiaba solo en mi habitación.

—¿Como un recluso?

—Quizá. Me repetía a mí mismo que era así como lo quería. Solos yo, mis libros, mi cerebro. —Se encogió de hombros—. Y mi dolor —añadió.

—¿Y quieres volver a estar así?

Él negó con la cabeza.

Le enseñó los nombres de los pájaros y las plantas.

Le nombró las colinas y los arroyos.

Le dijo el nombre de las batallas que se habían librado allí.

Elevaron los puños hacia los jets que volaban bajo.

Maldijeron a los matones que salían de la Zona de Peligro.

Un día echaron a andar y siguieron andando hasta la orilla del lago. Hablaron del pueblo hundido abajo. Se dijeron que, aunque se hubiesen destruido muchas cosas, el lago y el entorno eran bonitos. Hablaron de la destrucción y la creación.

—Las cosas se mueren —dijo Sylvia—. Las cosas nacen.

Sacudió la cabeza. Lloró un poquito.

Las palabras eran muy sencillas y obvias, pero sonaban profundas.

Cuando regresaron ya se estaba haciendo de noche. El cielo estaba repleto de estrellas. En las colinas, las granjas brillaban como lejanas galaxias. Newcastle brillaba en el horizonte, al sur.

Sylvia lo señaló.

—¿A que es encantadora? Es una ciudad muy bonita, Gabriel.

—¿Tan bonita como esto? ¿Bonita como el bosque y las colinas y el lago y las estrellas?

—Necesitamos un poco de todo. Ciudad y campo, oscuridad y luz. Lo necesitamos todo.

—Quizá vaya. Y me traiga mi cerebro y esté con vosotros.

—Hazlo, Gabriel. Necesitamos a todos.

El sábado por la mañana Sylvia esperó. Arregló la casa, metió la ropa en las maletas. Descolgó las fotos de las paredes. Guardó los materiales artísticos de su madre. Guardó su rasqueta, su cuchillo, la piedra-martillo, la flauta de hueso. Guardó las fotos de Andreas cuando era niño. Se preparó un té y unas tostadas y esperó.

Su madre apareció a toda prisa.

—¡Pues vaya con lo de tomarme un respiro! —protestó—. Me he levantado de madrugada y, ahora, a correr de nuevo. —Cogió los pocos retratos que había hecho, de Sylvia,

Andreas, Anthony, Gabriel y Colin. Dibujos de las colinas, de un zorro, de un ciervo a lo lejos—. ¡Apenas he estado aquí!

—Gracias por haberme traído, mamá —le dijo Sylvia.

—¡Ja! ¡Tú eras la que se negaba a venir!

—¡Y yo qué sabía!

—Bueno, y ¿qué sabes ahora?

Sylvia rio.

Le mostró a su madre la flauta de hueso.

—Sé hacer una de estas —dijo.

—Qué cosa más curiosa.

—Ahora no tengo tiempo para explicártelo. Ya te lo contaré durante el viaje.

Llenaron el coche, cerraron la casa, fueron por el pueblo a despedirse.

Anthony estaba subido a una escalera, a un lado de la iglesia, martillo en mano.

—Un segundo —les pidió—. Esto me ha estado fastidiando desde que llegamos.

Extendió los brazos y devolvió el Cristo a la cruz.

Lo clavó. Tiró de él para comprobar que no fuera a soltarse de nuevo.

—Listo —dijo—. Este ya no se va a ninguna parte.

Bajó hasta ellas. Gabriel y Colin salieron de la casa.

Sylvia y Gabriel caminaron juntos un trecho.

Se besaron.

—Iré —dijo él.

Los dos se sonrojaron mientras volvían con los demás.

Anthony y la madre de Sylvia hablaban de que pronto las familias volverían a encontrarse.

Todos se abrazaron y se despidieron.

Sylvia y su madre fueron hacia el coche.

Llamaron a la puerta de Andreas.

Se despidieron. Él cogió a Sylvia de la mano.

—Gracias por escucharme —le dijo.

—Gracias por no odiarme —le dijo.

—Volveremos a vernos —dijo la madre.

—Quizá —respondió Andreas, y sonrió.

Se subieron al coche. Dejaron atrás el centro social, los tótems, el Cristo reclavado. Pasaron los columpios, el cartel con la caricatura del excursionista. Se alejaron del bosque, de la oscuridad, del silencio. Se alejaron del arte en la roca y de la música. Se alejaron de los zorros y los ciervos y los gavilanes.

Se alejaron del pasado. Sylvia lo dejó todo atrás pero se lo llevó todo consigo.

Lo llevaba todo en su interior. Era todo suyo.

El coche iba rápido. Cruzaron las colinas hasta el siguiente valle.

Se detuvieron arriba, en lo más alto, para mirar atrás. Bajaron las ventanillas. En las alturas volaban aves de presa. Había alondras, zarapitos, había viento entre la hierba.

El paisaje se extendía hasta la eternidad. El cielo se extendía hasta la eternidad.

De repente aparecieron un par de ciervos. Cruzaron de un salto la carretera, frente al coche. Sus siluetas extendidas se recortaron contra el cielo. Al tomar tierra echaron a correr, pero después se detuvieron y miraron hacia Sylvia y su madre.

Adiós.

Siguieron adelante.

Llegaron al siguiente valle.

Al poco vieron el mar, oscuro en el horizonte. Siluetas recortadas de barcos. Turbinas de viento en marcha. El puntiagudo castillo de Dunstanburgh se mantenía en pie sobre su roca.

Se alejaron de las colinas y pasaron por las antiguas minas de carbón cerradas.

—Me gustaría escuchar un poco de música —propuso la madre de Sylvia.

—¡Sí! —exclamó ella.

Volvió a mostrarle la flauta de hueso. Se la llevó a los labios y tocó una nota, otra nota.

—Qué raro suena, cariño —le dijo su madre.

—La hicimos Gabriel y yo con el hueso de un pájaro.

—¿Con el qué de qué?

Sylvia siguió tocando de forma melódica, bajito aunque lo bastante fuerte como para que se oyera por encima del ruido del motor. Su madre suspiró; le pareció que sonaba mucho mejor que la vieja flauta dulce.

La chica hizo una pausa. A ver si aún iban a perderse.

—¿Estás bien? —le preguntó.

—Sí, claro. Sigue tocando, cariño.

—Vale, pero tú no te distraigas del camino, mamá.

—De acuerdo.

Sylvia siguió tocando, llevando consigo la oscuridad del bosque hacia el corazón de la ciudad.

Pasados Wark, Simonburn, Chollerford, Wall, siguieron por la A69 entre el resto de los coches que se apresuraban por llegar. También había camiones y caravanas. Un coche de policía con la sirena aullando, las luces parpadeando. Al este aparecieron los tejados y los chapiteles de la ciudad.

—De vuelta en la civilización —dijo la madre—. No pares de tocar. Es muy bonito.

El tráfico se volvió más lento. Comenzó a formarse un atasco justo antes de la última rotonda. Carteles, semáforos, indicaciones en el asfalto.

Siguieron. Por la carretera oeste, pasadas tiendas y pubs y restaurantes indios, pasadas iglesias y templos y mezquitas. Frenar y arrancar, más rápido, más lento. Sylvia no paró de tocar. Su madre no dejó de sonreír.

Ahora veían a jóvenes en parejas y en pequeños grupos, algunos llevando pancartas y carteles escritos a mano.

VOTAR DESDE LOS 16

SOMOS EL FUTURO

NO HAY PLANETA B

REBELDES PARA SIEMPRE

Llevaban ropas extravagantes, cantaban y caminaban al ritmo, hacían el tonto, iban muy serios.

—Ya llegamos, mamá —dijo Sylvia.

Siguieron por las calles hasta su arreglada casa adosada. Sylvia se quitó las botas y el impermeable. Se puso sus zapatillas de tela, sus vaqueros, una camisa vaquera. Se hizo un sándwich con lo primero que encontró.

—Ya estoy aquí, Maxine —dijo hablando por el móvil mientras salía de casa a toda prisa.

—¡Fantástico! ¡Has vuelto al mundo real! ¡Nos vemos en Haymarket!

Corrió de casa al metro. Estaba hasta los topes. Montones de jóvenes dentro. Reconoció a algunos. Se saludaron con los brazos e intercambiaron sonrisas.

Qué raro le parecía estar entre tanta gente después de haber estado entre tan poca. Estar entre tanto ruido después de haber estado entre tanto silencio. Todo a tanta velocidad. Era como si de verdad hubiese estado cinco mil años fuera.

El metro se detuvo. Se deslizó por la puerta. Subió por las escaleras mecánicas.

Y ahí están todos. Maxine, Mickey, Francesca, los demás.

—¡Bienvenida al presente! —declara Maxine—. ¡Has estado fuera una eternidad, chica!

La besa en los labios.

La alegría en el gesto, lo físico, la unión, la locura.

Todos se dan prisa en dirección al Monumento. Tantos jóvenes, tantas pancartas. Tanta gente rodeando el propio Monumento, la gran torre que desde hace más de un siglo se eleva al limpio cielo de Newcastle. Hay una tarima delante. Un grupo de adolescentes prepara sus instrumentos. Hay poetas y músicos y políticos. Una niña que no debe de tener más de diez años habla ante un micrófono y proclama que ha llegado el momento de la juventud.

Llega más gente. Hay familias con niños pequeños y bebés. Ancianas y ancianos. Sylvia y sus amigos se estremecen, emocionados. Mickey lleva un tambor bajo el brazo que golpea con la mano abierta.

El grupo toca. Ellos bailan y corean a plena voz.

La multitud se mueve al ritmo.

Hablan más niños, más adolescentes.

Los adultos vitorean y aplauden.

El grupo llega al final de una canción. Sylvia avanza sin pensar por entre los cuerpos, hacia el escenario. Sube. Se coloca frente al micrófono.

—Quiero tocar para vosotros —dice.

—¡Más alto!

—Quiero tocar para vosotros.

¿Cómo ha hecho eso? No sabía que iba a hacerlo hasta que se vio haciéndolo. Toda esa gente en el corazón de la ciudad, todas esas voces, todas esas caras, y Maxine, sonriente, su rostro entre la multitud, los rostros de sus otros amigos, sorprendidos, animándola a seguir.

La pequeña y tímida Sylvia, Sylvia Carr.

Con esa cosita tan frágil en la mano.

Decide soltarse y seguir con lo que parece estar haciendo. Se lleva la cosita a los labios y se acerca más al micrófono mientras toca. Para oírla, la multitud que la rodea ha de quedarse en silencio, y lo hacen. Y el silencio se extiende hacia los confines del gentío mientras Sylvia toca. Música del hueso de un pájaro y de un bosque del norte y de la garganta de una joven, que avanza por el corazón de la ciudad.

Y Sylvia se pierde en su interpretación, igual que las otras veces.

Se sale de su cuerpo. Se eleva como un pájaro y mira abajo y ve tocar a Sylvia, ve la multitud que la rodea. Ve las espirales que forman, las espirales de las galaxias, del tiempo, de la roca, del alma.

Y vuelve a descender, cantando como una alondra canta mientras se deja caer, volando en espirales como un gavilán al regresar a la tierra.

Se detiene sobre el escenario, con el hueso hueco en los labios.

Y sigue tocando, tocando.

Y ahí está la chica, entre el gentío de Newcastle. La misma cara, los mismos ojos, el mismo pelo, el mismo collar de conchas, los mismos pendientes de conchas. Lleva una camiseta blanca con dos espirales unidas impresas.

Y Sylvia se retira el hueso hueco de los labios.

—Yo soy tú y tú eres yo —dice.

La chica sonríe. La multitud está en silencio.

—Somos muy antiguos y muy nuevos —dice.

—Somos el bosque y somos la ciudad —dice.

—Somos tímidos y somos salvajes —dice.

—Siempre estaremos los unos con los otros —dice.

Vuelve a tocar el frágil instrumento, vuelve a tocar las melodías eternas y siempre cambiantes.

—Somos frágiles y somos pequeños —dice—. Pero somos bellos y fuertes, y podemos cambiar el mundo.

David Almond nació en Newcastle en 1951 y en la actualidad vive en Northumberland con su familia. En 2010 fue galardonado con el Hans Christian Andersen, el premio Nobel de la literatura infantil. Sus historias se han traducido en más de 20 países, siendo *Skellig* la más aclamada y popular. En 2021 fue nombrado oficial de la Orden del Imperio Británico por sus servicios a la literatura.

Con *Skellig*, David Almond ganó el Premio Infantil Whitbread y la Medalla Carnegie. Publicada hace más de veinte años, esta maravillosa novela ha sido convertida en obra de teatro y en ópera, y también se adaptó al cine, con el oscarizado Tim Roth en el papel de Skellig.

«Un clásico instantáneo.»

El País, Tommaso Koch

«Un clásico imprescindible en la biblioteca de los preadolescentes y adolescentes.»

El Periódico

«Un relato que combina magia y realidad y que recuerda al mejor C. S. Lewis.»

El Español, El cultural

«El realismo mágico y su singular voz le valieron el prestigioso premio Hans Christian Andersen.»

Cultura/s de *La Vanguardia*, Antònia Justícia

«La obra más célebre de David Almond (...) Duomo rescata esta bella historia.»

ABC

«Un clásico de la literatura infantil.»

Ser Padres

«Fantasía, realismo social y una narración bien trabajada no suelen fallar.»

El Punt/Avui, Lluís Llort

«La obra más célebre de David Almond (…) una bella historia.»

La voz digital

«Si me preguntas qué es Skellig, no tengo la respuesta. Sólo puedo decir que es el título de un libro maravilloso (…) y que vuelve a España para llenarnos de amor, de valor y de ternura nuestros corazones.»

El País Babelia, especial "Mejores libros infantiles y juveniles de marzo 2023"

«Un clásico imperecedero de la LIJ, una novela para niños con la que David Almond consigue el más difícil todavía: emocionar también a cualquier adulto que se acerque a ella. Una historia mágica, un cuento de hadas con múltiples capas de lectura que es, ante todo, un canto al incomparable amor de un niño por su hermana pequeña.»

El País, Mamas&Papas, Adrián Cordellat

«Un bestseller imprescindible sobre las emociones. Lo que más me ha gustado es su originalidad, su calidad literaria y que durante su lectura no puedes más que tener el corazón encogido y devorar página tras página para conocer el desenlace de la historia.»

Club peques lectores

«Simplemente brillante.»

The Observer

«Un clásico moderno.»

The Daily Telegraph

«Un cuento fuera de lo común que reafirma la vida y ejercita todos los músculos de la imaginación.»

The Guardian

«Sobrecogedor, hermoso y muy bien escrito. Todo el mundo se enamora de este libro inolvidable.»

The Sunday Times

Esta primera edición de *El canto del bosque*
de David Almond se terminó de imprimir en
Grafica Veneta S.p.A. (Italia) en enero de 2024.

Duomo ediciones es una empresa comprometida con el medio
ambiente. El papel utilizado para la impresión de este libro
procede de bosques gestionados sosteniblemente.

PEFC

PEFC/18-31-226

Este libro está impreso con el sol. La energía que ha hecho posible
su impresión procede exclusivamente de paneles solares.
Grafica Veneta es la primera imprenta en
el mundo que no utiliza carbón.